스토리 스토리지

스토리,
스토리지

장성희 극본집

지혜

작가의 말

이야기 팝니다, 막幕 전前

미발표작만을 묶어내는 이 극본집의 이름은 『스토리, 스토리지』다. 극작가에게 글짓기의 대전제는 극장과 무대 위에 '짓는' 것이지만 만일 다시 팬데믹이라도 와 무대에 올릴 수 없거나 세상의 속도를 더는 따라잡지 못하여 어둔하게 이야기를 풀어내는 때가 온다면 무엇에 매달릴까를 생각한다. 그럼에도 이야기하는 재미와 자신만의 어휘 창고를 열어젖히는 즐거움은 저버릴 수 없을 것이다. 서사와 대사가 어우러지는 맛, 술래놀이하듯 웅크려 숨어있는 말들을 찾아내는 재미는 포기할 수 없지 않겠는가.

처음 실은 「월세 이야기」는 가장 아픈 손가락이었다. 오랫동안 생인손을 앓고 있는 기분이다. 장맛도 아닌 것을 발효시키기라도 하듯 오래 껴안고만 있었다. 처음엔 공연으로 올라가기를 타진하면서 조금씩 수정을 하기도 했다. 공공지원을 뚫기 위해 작품 의도를 손질하고 반듯함을 입히려고 노력했다. 그러면서 점점 나의 초심에서 멀어져가는 것이 힘들고 괴로웠다. 만일 무대에 올린다면 이 작품을 쓴 첫 마음을 오롯이 살리면서 한 길 깊이 가고 싶다.

「옛날 옛적 구렁덩덩」은 창극 대본 형식으로 쓴 것이다. 2021년 출판한 아동극본집 『그림자의 눈물』 속 「메아리방의 비밀(공연명 미녀와 야수)」이라는 작품을 통해서 어린이들이 볼 수 있는 창극을 선보인 바 있다. 이번에는 같은 모티프를 가지고 청소년 관객을 품을 수 있는 대본을 한 편 써보았다. 우리 설화 중에서 「미녀와 야수」와 유사한 '구렁이 신랑 이야기'를 가져와 성장과 구원 서사를 입혔다. '옛날 옛날 먼 옛날 어느 마을에'로 시작하는 이야기의 원방성遠方性을 소리극에 맞는 대사로 살리면서 생태환경에 대한 착취와 파괴 등 오늘날 우리 삶의 중요한 문제를 담아내고자 했다. 그리고 성장기 속에서 마주치게 되는 자신의 야수성을 만나고 인면수심-'사람 얼굴에 짐승 마음'의 세태를 전복시켜 '짐승 얼굴에 사람 마음'의 역설을 담고자 했다. 어딘가 막 시작하는 소리꾼들이 작은 극장에 모여서 한 대목씩 조촐한 소리 잔치를 벌이는 데 쓰였으면 한다.

「십장생아, 다 어디로 갔니」는 애니메이션으로 만들어지기를 희망하며 쓴 극본이다. 우리 삶에 깃든 '오래된 미래'를 떠올리며 이야기와 형식을 풀어나갔다. 생태파괴와 환경문제, 욕망 추구와 소비자본주의의 폐해 등 익숙한 소재지만 시청각적인 다채로움을 들여와 손맛이 담긴 작화로 만들어진다면 어떨까 생각한다.

이번 가뿐한 무게를 담은 이야기보따리를 풀면서 말에 대한 오랜 작심作心과 착심着心을 내려놓으려 한다. 이제부터는 빈 곳을 용쓰며 채우려 하지 않기로 한다. 배우가 행간에 마음껏 들어서고, 관객이 자신의 상상력으로 채워가는 극을 언젠가는 쓰게 될 것이다.

이로써 나의 보랏빛 극본집이 다섯 권이 되었다. 홀가분하다.

목차

원세 이야기

* 이 작품은 1926년 절도범 김원세에 대한 당시 《동아일보》의 단신 기사에서 출발
한다. 소매치기를 하다가 잡힌 소년 김원세는 자신을 김옥균의 손자라고 주장한
다. 자신은 로마에서 잠시 살았는데 현해탄에서 투신자살한 윤심덕과 김우진이
사실은 살아남아 로마에서 악기점을 하고 있는 것을 보았다고 하여 당시 저자거
리의 화제가 되었다. 그러나 확인 결과 김원세는 단순한 소년 절도범으로 밝혀진
다. 극은 여기서 출발하지만 나머지는 허구다.

등장인물

김원세   16세 소년, 망명시절 김옥균이 일본 여인과 통정해 낳은 혼외자식 후사기치(김방길)가 자신의 아버지라고 주장한다.

김영진   김옥균의 양자가 되어 일제 식민지 시절 그 덕을 톡톡히 보았다. 황해도 재령군수, 충청도 아산, 논산, 보령군수, 그 밖 총독부 중추원 참의 등 높은 벼슬에 올랐다. 조선총독부가 주는 공로자 표창을 받았고 한국병합기념장 또한 수장했다. (해방 후에는 친일인사로 분류되었으며 소유 토지가 국가에 귀속되는 처분을 받는다)

수나가 하지메   전형적인 '대륙낭인', 대륙낭인이라 함은 일본의 제국주의적 야욕을 실현시키기 위해 삶을 바친 유형을 말한다. 조선의 서화나 예술품 수집에 취미가 있다. 후에 수나가 하지메 문고를 설립한다.

박영효   갑신정변의 주역, 왕가의 사위 출신, 생전의 김옥균에게 깊은 콤플렉스가 있다. 식민지 조선에서 일본의 비호 아래 영화를 누렸다.

서명우   『별건곤』잡지의 기자, 갑종 기사거리를 좇는다.

노인   정체가 미스터리한 채로 등장, 지사형 시골 선비.

<천막극단 사람들>

단　장　　이름은 여명춘, 극단의 단장. 어딘가 여성적이다.

고대수　　단원. 약장수를 겸하고 있다. 가명을 쓰고 있으며 보발꾼 출신의
　　　　　　테러리스트.

홍　이　　만주인 소녀. 17세. 조선말에 서툴러 말보다는 몸짓을 우선한다.
　　　　　　극이 진행되는 동안 조선말 실력이 늘어간다.

<그 밖>

논산댁(김영진의 아내), **유씨부인**(김옥균의 아내)
기자 1, 기자 2, 순사, 범선, 하인 점돌, 손님 1, 2 등.

1막 봄

1. 요리 집 입구

신발장 앞, 원세가 앉아 있다. 손님이 드나들면 신발을 빼고 넣어 주면서 한손으로는 천막극장 공연 안내문을 나눠 준다. 일본말이 유창하다. "어서 오십시오." "안녕히 가십시오." "주말엔 저희 극장에도 한번 들러 주십시오." 어떤 신발은 유심히 보기도 하고, 어떤 신발은 거칠게 다루기도 한다. "꼭 한번 들러주십시오. 웃음과 눈물이 몰아치는 곳, 별세계 천막극장입니다. 천변 건너편 공터에 섰습니다." 원세는 백구두 한 켤레를 유심히 본다. 옷깃으로 슥슥 닦는다. 구두 한 짝에 발을 넣어본다.

대 수   이놈의 시키, 코에 바람만 들어서! 밥은 먹었냐. (종이로 싼 떡 뭉치를 내민다.)

원 세   또 개떡.

대 수   먹어 둬.

원 세   국밥 먹을 거야.

대 수   국밥? 돈이 어디서 나서?

원 세   신발 정리해 주면 국밥 한 그릇 말아 준다고 했어. 손님상에 남은 전이랑 괴기랑 고명으로 얹어서.

대 수   니가 거지새끼냐? 자존심이 없어요! 노랑강아지 장터에서
          괴기전을 바랄 일이지 너까지 차례가 올 것 같냐? 개떡이든
          주먹떡이든 먹을 수 있을 때 먹어둬. (꿀밤을 먹인다.)

원 세   (꼬르륵 허기를 느낀다.) 안 주기만 해, 이 신발들 다 똥간
          에 갖다 처박아 버린다!

대 수   깝치지 마라. 걸레 좀 집어다오. (고무신을 닦는다.)

원 세   아재는 어디 가?

대 수   봄신령이 지폈나보다, 쏘다니고만 싶다.

원 세   연습은 안 해?

대 수   연습은 무슨! 단장이 또 술독에 빠졌어. (손 떠는 시늉)

원 세   신극은 어쩌고?

대 수   그냥 하던 재주나 넘자. 대본이 있어야 연습을 하지.

원 세   쉽지, 기승전결! 한 사람의 마음에 욕심이 일어난다, 그 욕
          심이 커진다, 욕심을 채우려고 달린다. 그러다 꼬인다, 풀
          려다가 더 꼬인다, 달리고 달렸지만 결딴난다! 그리 쓰면
          된다 하지 않았어?

대 수   그놈의 기승전결은 네미, 기승전 술이다! 술! (한 잔 꺾는
          시늉) 단장이 쓰다가 엎어진 이야기가 한 둘이더냐. 윤심
          덕, 김우진 정사하는 얘기를 연극으로 만든다더니 갑자기
          갑신정변 삼일천하 이야기는 또 뭐야?

원 세   틀림없이 쓸 거야, (주머니에서 구겨진 파지를 꺼내 편다.)

14

	초를 잡았는걸. 틀림없이 나를 무대에 서게 해줄 거야.
대 수	어림없다!

(원세는 입을 삐죽인다. 사이, 구호에 가까운 노래와 함성 소리 들려온다.)

소 리	되놈, 되년 퉤 퉤! 일등국민 내지인, 이등국민 조선인, 삼등국민 만주놈 만주년! 되놈들아, 되년들아 땅금을 넘지 마라! 춘장 냄새, 따장 냄새 밥그릇을 박살낼라! 거지새끼, 도둑놈, 중국놈, 만주놈아! 일거리를 훔쳐 가면 머리통을 박살낼라.
원 세	홍이는 …천막에 있지? 그새 술 심부름 보낸 건 아니겠지?
대 수	홍이가 뭐냐? 누나뻘 아니야?
원 세	(사이) 그깟 되년더러 뭐.
대 수	(뒷통수를 친다) 상노무 시키! 홍이 잘 지켜라. 나다니지 못하게 해. 어째 한성공기가 심상치를 않아, 지게꾼들한테 해코지나 당하지 않으려나. 조선인이나 만주인이나, 왜놈 세상에 다 같이 밑바닥 인생인데 왜 못 잡아먹어서 안달인지.
원 세	아재, 우리 신극 하긴 하는 거겠지?
대 수	조선의 오자키 고요 선생께서 은색야차든 똥색야차든 대본을 완성하셔야 막이 오르지, 무대에 올리겠다는 소재가 손바닥 뒤집듯 바뀌니 원! 이번엔 갑신년 정변 이야기를 하겠

다는 거야.

원 세   (파지를 힐긋거리며) 나, 김옥균은 새로운 세상에 대한 확
            실한 목표가 있소. 우리가 손잡을 곳은 대륙 세력이오, 해
            양 세력이오? 조선은 결정을 해야만 하오, 이것이 반도의
            운명! 중국은 늙었고, 일본은 젊어! 일본을 설득해 아시아
            공영의 길을 함께 꾀하고자 하오.

대 수   어느새 그걸 외웠냐?

원 세   일본이 동방의 영국 노릇을 하려 하니, 조선은 아시아의 불
            란서가 되자는 것이요. 우리도 일본처럼 유신을 단행합시
            다! 유신이란 무엇인가, 새 아버지를 섬기는 것! 새 아버지
            란 누군가? 중화에서 서양으로 아비를 바꿉시다. 조선의 운
            명을 달리 만들어봅시다!

대 수   맹랑한 놈! 뜻도 모르면서 주워 삼키지 마라. (한숨) 부관참
            시 당한 김옥균 귀신까지 불러내고 원… 내가 뭐하자는 짓
            인지… 이참에 다 걷어치우고 바람처럼 구름처럼 떠돌까
            봐.

원 세   아재, 나도 따라갈래! 바람처럼 구름처럼 쏘다니고 싶어.

대 수   풍운아는 아무나 하나? 재주가 있던가, 기개가 있던가. 너,
            여비는 있냐?

원 세   풍운아는 백단화 신겠지? 고무신은 아니겠지? 아냐, 옆구리
            에 칼 차면 게다가 나으려나?

대 수   조선 사람은 짚신 신고는 먼 길 가도, 게다 신고는 멀리 못

간다! (문득 지나가는 홍이를 발견한다) 홍이야, 너 어디 가냐?

(홍이는 중국식 전통 복색 치파오를 입었다. 손에 든 주전 자를 들어보인다.)

대 수   단장놈이 또 술타령이로구나! 내 이 작자를! 홍이야, 너 왜 말을 안 듣냐? 혼자 나다니지 말라니까. 지게꾼들 파업으로 거리가 흉흉한데… 심부름 못한다고 해!

(홍이, 도리질한다.)

대 수   그냥 가! 단장한테는 주막이며 양조장이며 다 문 닫았다고 해!

홍 이   ("안돼요, 안돼요" 중국어)

대 수   (한숨) 나랑 가자, 원세 너도 쏘다니지 말고 들어가서 물통 이나 채워!

원 세   배부터 채우고 갈래.

(대수와 홍이 사라진다. 사이, 원세는 신발장에서 신발들을 정리하다가 백구두를 꺼내 신어본다. 조금 헐겁다. 이렇게 저렇게 멋을 부리다가 사방을 살핀다. 사이, 백구두를 신은

채로 양손에는 신고 온 신을 끼워들고 달아난다.)

2. 영진의 집

(연미복을 입은 영진, 김옥균의 영정 사진과 위패 앞에서 일본식으로 절한다. 손바닥을 두 번 친다.)

영 진   아버님께서 충달공 시호를 받자오신 지 어언 이십 년!
점 돌   (방백) 나라가 망한 지도 어언 이십 년!
영 진   아버님이 구천에서도 이끌어 주신 덕분으로 저는 황해도 재령 군수, 충청도 아산 논산 보령 군수 거쳐 이제 총독부 중추원 참의 자리까지 올랐습니다. 이 훈장에, 공로자 표창까지 감읍드릴 따름입니다. (표창장의 문구를 소리 내어 읽는다.) 김자옥자균자 김옥균! 공은 조선에 유신을 처음으로 제창하고, 일찍이 개명하시어 일본과의 선린외교를 추진, 드높은 삼화사상으로 천황폐하의 뜻을 삼가 세계만방에 알린 덕을 높이 하여 이에 충달공 시호를 내립니다! (사이) 여보, 조선 옷 좀 내오우.
논산댁   중한 일 치르느라 피곤하실 텐데 오늘은 그만 쉬세요.
영 진   어허!

(논산댁, 의관을 갖춰 준다. 영진은 도포를 갖춰 입고 앞마당을 한 바퀴 돈다. 문 밖까지 나갔다가 온다.)

논산댁   영감도 참!
영 진   아랫것들이 분명 보았겠다. 세상이 어찌 뒤집어질 줄 알고! 예금 드는 거야. 예금!

(일본식 실내복 하카마로 갈아입는다.)

논산댁   영감도 참! 망한 조선이랑 흥한 일본이랑 두 나라 섬기느라 고단하시겠수. 탕약이나 드셔요. (한숨) 부귀영화를 누리면 무슨 소용입니까? 물려줄 자식이 없는걸. 양자 팔자는 음지 팔자, 내가 김옥균이의 아들이요, 손자요 하면서 누가 나타날지 압니까? 부귀영화를 누려도 누리는 게 아닙니다, 언제 꺼질지 모를 살얼음 같은 팔자 참!
영 진   팔자타령은 그만 둡시다. 설령 땅 밑이 꺼진 대도 솟아날 구멍이 있잖겠소. 용한 점쟁이가 내 팔자는 조선 팔자만큼 가변하는 팔자니 두고만 보라고 그랬지. 참말 정신없이 보낸 세월이었어, 데라우찌 총독 들어오고, 합방하고…….
점 돌   (섬돌에서 구두를 털다 말고) 네미럴, 합방은 무슨 합방! 일본이 신랑이고 조선이 색시랍니까 합방이게?
영 진   뭐라고 입방정이냐?

점 돌	바른말을 하자면 합방이 아니라 겁간이지요. 겁간!
영 진	어허! 상전 앞에서 말본새하고는!
점 돌	임오년 군란 후에 책임을 물어 야곰야곰 군사를 주재시키더니 동래 왜관에 마을 하나 차지하고서 게다 신은 인종들이 쏟아져 들어오지를 않았어요. 참말, 콧구멍에 손가락 하나 넣는 시늉이더니 코털 뽑나 싶더니 상투 뽑히고, 나라혼까지 뽑히지 않았어요?
영 진	시끄러워! 누구 덕에 네 놈이 밥을 처먹는데? 나라 주인이 바뀐 덕분에 우리 집안이 발복하지 않았느냐? 조선이었으면, 가능했겠느냐? 난신역적 취급에 친족 혈족 다 털어 망조 들었기 십상이지. 이거나 닦아와!
점 돌	(코를 감싸 쥔다) 개똥을 밟으셨나?
영 진	바닥부터 잘 씻어! 한껏 광을 내놓아.

(점돌, 구두를 들고 퇴장한다.)

영 진	사람은 항상 방비를 해야 해. 언제 또 세상이 뒤집어질지 몰라. 이 집안에 양자로 들어올 때 만해도 조마조마 내일 일을 몰랐었지. 갑신년 정변 주역인 집구석이니 파가저택에 노비로 살래도 꼼짝 못하는 처지 아닌가! 조선이 로서아에 넘어갔어봐, 청나라 밑에 줄을 섰어봐, 에구! 생각만 해도 등골이 서늘한 일이지.

논산댁	아버님이 인물은 인물이지요? 일본이 대국 될 줄 어찌 아시고.
영 진	혜안이 있으셨던 게지. 아버님 가신 지가 삼십 년이 넘었는데도 세월 흐를수록 아버님을 기리는 사람들이 늘어나는 이유 아닌가. 내지에서는 더욱더 흠모의 염이 커져가고 있다지 않아. 저녁에 수나가 하지메 선생께서 들이닥칠 거요. 동아일보, 조선일보 기자들도 온다고 했으니… 술상을 준비하도록 해요.
논산댁	신선로를 준비할까요? 동그랑땡을 굴리려면 육고기가 필요한데 푸줏간부터 보내야겠네. 참, 수나가 선생은 언제 일본으로 돌아간답니까?
영 진	곧 갈 것이요. 아버님 기념관을 채울 자료 수집이 거의 다 끝났다고 하지.
논산댁	우리도 뭘 좀 더 내놔야 하는 게 아니우?
영 진	(버럭) 뭘 또 내놔! 아버님 손때 묻은 유품은 지난번에 다 내주지를 않았어?

(안쪽에서 소리)

유씨부인	에미야, 에미야!
논산댁	예, 어머니!
유씨부인	이 양반이 어제 저녁상에서는 꿩괴기를 빼돌리더니 오늘은

토끼털 마고자가 없어. 어느 년한테 갖다바쳤을까? 왜년이 여, 조선년이여? 에미야! 네가 가서 찾아오너라.

논산댁   쯧쯧 언젯적 마고자를 찾으시나, 오늘도 진지상을 여러 차례 엎었어요. 예, 가요! 적몰한 재산 돌려 달라고 청원서를 내는 동안 있는 총기를 다 쓰셨나, 가문은 복권되었지만 저 모양이니. (퇴장한다.)

(영진은 논산댁이 사라지자 주변을 둘러보고는 마룻바닥을 열어 각종 문서와 재산들을 확인하고는 흐뭇해한다. 암전)

3. 천막극장

(단장은 책장에서 책과 자료들을 빼내 던지고 있다. 홍이는 단장이 내던지는 책자를 주워 한데 모은다. 전족을 한 적이 있어서인지 서 있는 자세도, 걸음걸이도 어딘가 어색하다.)

단 장   버려. 다 버려. 백 가지를 읽으면 뭐하냐. 사람으로 살아서 숨 쉬게 해야야 하는데 살아나지를 않네. 우리처럼 없는 극 단은 대사에 다 우겨넣어야 해. 얼룩진 천 쪼가리를 걸치더 라도 한산 세모시 도포로 보이도록 대사발로 홀려야 하는 거야. 형형히 안광을 이렇게 쏘면서! 막힌 오줌보 터지듯 쏼쏼 사설로 후려쳐야 하는 것이야. 본전 생각을 못하도록 흥과 취를 돋우는 것이지. (원세가 앞서 한 김옥균의 독백 앞부분을 읊는다) 나, 김옥균은 새로운 세상에 대한 확실한 목표가 있소. 우리가 손잡을 곳은 대륙 세력이오, 해양 세력이오? 조선은 결정을 해야만 하오, …일본이 동방의 영국 노릇을 하려 하니, 조선은 아시아의 불란서가 되자는 것이요. 우리도 일본처럼 유신을 단행합시다! 유신이란 무엇인가, 새 아버지를 섬기는 것! 새 아버지란 누군가? 중화에서 서양으로 아비를 바꿔서 조선의 운명을 달리 만들어봅시다! …이걸 다 외워야 하는데. 기억력이 예전같지를 않아. 객석에서 누가 소란을 떨기라도 하면 놓치기 십상이지. 그렇지! 원세 놈을 나무상자 속에 숨긴단 말이야. 그럼, 대사 많은 신극은 당연 뿌롬쁘터를 두어야지. 홍이야, 너도 얼른 조선말을 배워라. 막간에는 대수를 시켜서 차력 쇼를 할까? 아니야, 아니야 이젠 오롯이 신극을 해야지. (사이) 우진 형님, 그 많은 재주 현해탄 물고기 밥으로 주지를 말고 날 주고 가시지. 에휴. 홍이야, 딱 반 주전자만 더 받아오너라. 오늘은 마지막 장면까지 써볼테다.

(홍이, 도리질 친다.)

단 장   외상이 밀렸다고? 흐응, 양조장 늙은이한테 손목 한 번 잡

혀 주면 될 일 아니냐? 치파오 들어 올려 종아리를 살짝! 사
내들이라면 다 깜박 죽는다니깐.

(홍이, 더 강하게 도리질 친다.)

단 장   (양복 윗도리를 던진다.) 전당포에나 댕겨 와.

홍 이   (완강히 안 된다는 표현)

단 장   이깟 윗도리 없다고 연극 못 하랴. 사모에 흉배 하나 없이
        도 사설 한 보따리면 조선왕조 오백 년 궁중사극을 눈앞에
        그린 듯이 펼치는 게 광대 재주다. 원세 놈은 어딜 간 거냐?
        그놈이 가야 일전이라도 더 받을 텐데. 어린 놈이 수완 하
        나는 그만이란 말이지. (사이) 좋아! (신발장을 눕히고 선
        반을 다 뺀다.) 여기가 바로 원세 들어갈 자리다. 홍이야,
        나가서 원세 좀 찾아보아라. 그놈의 새끼는 딱 달라붙어 뒷
        광대짓 앞광대짓 다 배우라고 했건만 어딜 쏘다니고 있는
        거야? 원세야, 배워야 배우 된다! 인간사 광대무변, 다 알아
        야 광대 돼!

4. 인사동 거리 (영진의 집으로 향하는 길목)

        (기자들과 수나가 하지메가 등장한다. 수나가 하지메는 이

24

가게 저 가게 들르느라 일행들과 떨어진다.)

하지메   새로 나온 물건 있소?

기자 1   (작은 소리로) 인사동에서 거래되는 서화며 골동품을 저 양
         반이 아주 박박 다 긁어간다는 거야.

하지메   우키기노반은? 소식 없어? 아무래도 광고를 해야 하나? 신
         문사 1면 광고료는 얼마요?

기자 2   무얼 찾으시는 겝니까?

하지메   도무지 자취가 없으니.

기자 2   그게 뭡니까?

하지메   우키기노반! 물에 뜨는 바둑판이라오.

기자 2   바둑판이 물에 뜹니까? 일본에서는 목간 중에도 오봉을 띄
         워서 정종을 즐긴다더니 바둑에 수담手談을 물속에서도 즐
         기는가보군요.

하지메   정객들이 나누는 일종의 풍류지!

         (담배 좌판을 든 소년, 하지메의 부름에 답한다. 하지메가
         담배를 고르는 사이)

기자 1   우키기노반, 김옥균이 시해당한 현장에 있던 바둑판이야.
         내지 망명시절에 끼고 살았다지. 물에 뜨는 나무 성질을 이
         용해 깎은 명품 중의 명품이라는 거야. 제일의 장인이 만들

어 값이 제법 나가는데다가 이 바둑판이 그날 밤 상해에서 김옥균의 마지막을 함께 했다는 거야. 탕탕탕! 시신과 함께 조선으로 건너왔다는데 바둑판의 자취가 오리무중이라는 거야.

기자 2   그걸 왜 그리 갖고싶은 겁니까?

하지메   (담배를 권하며) 김옥균의 기개와 화혼이 부딪치는 자리, 그 야말로 불꽃이 일었겠다! (허공을 향해 두 번 박수를 친다.)

5. 영진의 집

(영진, 달려 나가 맞이한다.)

영 진   선생, 어서 오시오.

하지메   모란 새순에도 봄빛이 완연합니다. 박영효 대감은? 오신다 했소?

영 진   고뿔 기운이 있어 당분간 저녁 마실은 삼간다고 연락이 왔 습니다.

하지메   허, 낮에 뵐 땐 멀쩡해 보이더만! 충달공 영결식에도 오지 않으셨소?

영 진   고뿔은커녕 사촌이 논을 사니 배가 아픈 격이지요. 평생을 충달공의 인품과 재능에 시샘을 부린 인사입니다.

하지메	따로 찾아 뵈야 할 모양이요. 떠나기 전에 글씨를 청하려 했는데.
기자 2	안 오시니 다행입니다, 박영효 대감께 잡히면 정변 때 무용담을 한나절 들어야만 하지요.
영 진	왕년 자랑이 이만저만 해야지요.
기자 2	종잡을 수가 없는 양반입니다. 김옥균의 복권에는 그리 힘을 썼으면서도 막상 김옥균을 칭찬하는 말만 나오면…….
영 진	지금도 틈만 나면 아버님을 깎아내립니다! 선생, 자리를 잡으시지요, 곧 주안상이 나올 겁니다. 신선로를 준비하는 모양입니다.
하지메	(손부채를 부치며 혀를 찬다.) 훈풍에 화톳불 끼고 봄밤 나게 생겼고만.
영 진	물릴까요? 신선로는 그만두고, 랭면을 좀 뽑아 오랠까요.
하지메	랭면 좋지요!
영 진	삼돌아, 게 있느냐. 진고개 너머 가서 랭면 좀 뽑아오너라. 주전자에 육수도 받아오고.
삼 돌	푸줏간 댕겨온 건 어쩌고요.
영 진	이놈아, 육전으로 바꾸면 되지! 랭면이랑 육전이면 궁합이 그 안 좋으냐! 냉큼 갖다와. (사이) 초저녁이니 맑은 술 잔이나 돌리지요. 경주서 법주 올라온 게 있습니다만.
하지메	그래 글씨는 다 쓰시었소?
영 진	어디요. 운필이 맘먹은 대로 되는 경지인가요. 애는 써보겠

	습니다만. (사이) 선생, 조선에 온 목적은 다 이루셨습니까?
하지메	어찌 다 이루겠소? 내 요즘 한말 정객, 문인들의 서화와 문집을 집중해서 구하고 있소. 메이지 시대 문인들과 한말 정객들 사이엔 공통점이 있단 말이요. 이 시대엔 먹물이 먹물이 아니요. 화혼과 조선혼이 부딪혀 기세를 섞은 시대! 내 이것을 한 자리에 모으려는 거요. 격동하는 시대엔 그 시대 사람들의 마음이 문자향, 서권기로 고스란히 남아 있거든!
영 진	그렇지요, 아버님의 글씨를 보세요. 삐약삐약 병아리라 써도 멀리 새매가 나는 기상이 아닙니까? 이에 비하면 제 글씨는 어림없지요, 전 빠지겠습니다.
하지메	겸손의 말씀! 김옥균 선생 기념관에 아드님의 글씨가 없어서야 되겠소.
영 진	후손인 제가 해야 할 일을 선생께서 맡으시니 송구스럽습니다.
하지메	누군가가 저지르면 누군가는 수습을 해야지!
기자 1	얼마나 모았습니까?
기자 2	물가는 오르고 살림살이가 어려우니 내놓은 물건들이 늘었겠지요.
하지메	어디 꼽아볼까. 김윤식, 김굉집, 홍계훈, 서광범, 송병준, 지석영, 지운영… 어디 보자. 조희연, 장박, 김정희, 신위, 장승업의 그림과 글씨까지 두루 다 구했지.
기자 1	대단하십니다.

하지메	조선인이 조선 것을 홀대하니 어쩌겠소?
기자 2	조선인이 조선 것을 홀대할 리 있겠습니까? 다 시절 탓이지요.
영 진	자, 자 조선 것, 내지 것, 국적을 따지면 뭣하겠나? 민족이 다 무슨 소용이야? 안목이 주인이지. 일본, 조선, 장차 만주까지 한 배를 탄 운명이니 크게 보면 다 한 하늘 아래 모아둔 거지, 안 그렇습니까?
하지메	그럼! 그게 바로 김옥균의 삼화사상 실천이요!.
기자 1	김옥균의 글씨나 서화는 일본 땅에서도 뒤지면 더 나올 수도 있지 않겠습니까?
하지메	내지 여관 여급한테서 선생의 글씨가 나온 일이 있었지.
기자 2	글씨랑 서화뿐이겠습니까? 도쿄 긴자, 북해도, 오가사와라! 여자 여럿과 교제하고, 자식을 여럿 두었다는 소문이 자자하지 않았습니까?
하지메	암! 조선 사내가 풍채 크지, 호방하지, 돈 잘 쓰지. 통정한 과부와 유곽의 여인들 수만 해도 여럿이지!

(이때 전화벨소리 울린다.)

영 진	늦은 시간에 웬 전화야?
점 돌	(냉면 담아올 그릇을 들고는 나가는 길에) 대감마님, 종로서랍니다.

하지메   무슨 일로?

영 진   일가붙이가 무슨 행패를 부렸나? 보석금 대신 낼 생각 없다
            고 전해!

점 돌   직접 받아보셔야겠는뎁쇼.

            (대청마루 기둥에 설치된 전화로 향한다.)

영 진   여보세요. 교환수, 연결해주시오.

            (무대 한쪽 수화기를 붙들고 있는 서명우 모습 비춘다.)

서명우   나으리, 별건곤 기자 서명우라고 합지요.

영 진   별건곤 기자? 아, 시정 잡사를 싣는 월간지? 뭐 취재를 요청
            하려는가? 김자옥자균자 아버님 추모특집이라면 동아일보,
            조선일보에 지면이 벌써 잡혀 있소. 아녀자들이나 건달들
            이 심심풀이로 보는 대중지와는 맞지 않는 주제요.

서명우   추모 기사에는 관심 없습니다. 대감, 이를테면 지금 제가
            알려드리려는 소식이 사실이기만 하다면… 제가 일착으
            로 취재할 수 있도록 허락해 주시겠습니까?

영 진   무슨 소리야? 난 시중에 들고나는 소식 따위엔 관심 없네.
            전화 잘못 걸었어.

서명우   김옥균 선생 댁과 깊이 관련된 정보인데도요?

영 진	대체 뭔가?
서명우	지금 종로서에 한 소년이 도둑질을 하려다 잡혔는데, 이 소년이 김옥균 선생의 손주라고 우기고 있습니다.
영 진	뭐? 뭐라고?
서명우	김옥균 선생을 조부님이라고 내세우고 있죠.
영 진	뭐라? 무슨 말도 안 되는 소리!

(순사가 나타나 서명우의 수화기를 잡아챈다.)

순 사	하이! 종로서입니다. 홍현에 있는 김영진 선생 댁이지요, 직접 서로 나오셔야겠습니다. 확인 좀 해 주셔야겠어요.
영 진	곧 가리다!

(영진은 점돌을 한쪽으로 부른다.)

영 진	마님 오시라 해라. 발문서, 논문서, 내가 작위 받을 때 받은 훈장이랑 다 가져오라고 해. 종친회에는 전보를 치구. 놀랠 노자라고 적어. 아버님께서 망명시절에 뿌린 씨앗이 이제야 고개를 내민 게야. 의관 좀 내와, 댕겨와야겠어.
점 돌	화복으로 할까요, 양복으로 할까요?
영 진	양복을 가져오너라.
점 돌	나리, 이번 일이 잘만 되면 집안이 아주 발딱 일어나겠습니

다. 나리 말씀이 늘 일본인이 일등 국민이고, 조선인은 이등 국민이다! 헌데 일본 땅에서 혈육을 보셨으니, 이제 딱 영점 오만큼만 승급하는 일이 남았습니다 그려.

영 진   시끄럽다. 돋보기도 챙겨와. 우리 집 씨가 맞는지 잘 살펴 봐야지.

(점돌 퇴장하자 영진은 대청마루 맨 구석 마룻장을 열어 이 것저것 문서와 금품을 감춘다.)

영 진   겉으로 나와 있는 재산이야 괴산에 토지허구 훈장, 표창밖 에 더 있나. 까짓것 부딪혀보자!

6. 종로서 앞 길가

(홍이, 두부접시와 탁주가 담긴 주전자를 들고 서성인다. 땋아 내린 머리, 중국식 복색이 아이들의 표적이 된다.)

소 리   되년, 되놈 퉤 퉤! 일등국민 내지인, 이등국민 조선인, 삼등 국민 만주연놈! 땅금을 넘어서지 말아라. 국경을 내려오지 말아라. 거지새끼 도둑놈 도둑년, 춘장 냄새 따장 냄새 밥 그릇을 박살낼라! 우리 아비 일자리를 훔쳐 가면 머리통을 박살낼라!

(홍이는 아이들이 던진 돌에 맞아 주저앉는다. 단장, 달려 와 막는다.)

단 장 저리 못 가냐? 괜찮으냐? 얼굴에 맞지 않았으니 다행이다!
홍 이 원세는요……?
단 장 못 빼냈다. 국밥 한 그릇 넣어주고 왔어. 제미럴! 폭탄을 던 진 것도 아니고. 그깟 백단화 한 벌 손 탔다고 애를 죽이겠 냐 어쩌겠냐. 나라 훔친 도적들도 멀쩡히 잘 사는 시절인데 그깟 구두! (주전자를 빼앗아 주둥이 채 들이킨다.)

7. 종로서 실내

(유치장이다. 순사는 원세 앞에 국밥을 놓아준다. 원세 허 겁지겁 덤빈다. 그러나 입안이 쓰라리다. 피가 섞인 침을 뱉는다.)

순 사 이제 김옥균 대감 댁에서 사람이 올 거다. 맞대면하면 다 드 러나겠지. 거짓말로 판명이 나면 제대로 매타작할 줄 알아!

(영진과 하지메, 기자 일동 등장한다.)

순 사	(반갑게 거수경례)
하지메	어째 종로서가 이리 조용해?
순 사	본정통 쪽 인쇄소에 숨어있는 불령선인을 색출하러 나갔습니다!
하지메	사회주의자 대검거 작전? 지난번엔 몸속에 삐라를 숨겨 나르다 검속에 걸렸다지? 놈들과 테러리스트는 한끝 차이야. 미리 싹을 잘라야지.
순 사	모두 소탕될 겁니다!
하지메	김옥균의 손자라고 주장하는 소년은?
순 사	유치장에 가둬놨습니다. 만에 하나 몰라서 일단 연락을 했습니다만.
김영진	뭐랍디까?
순 사	보호자를 대라! 둘러대기를, 내가 김옥균 대감이 떨군 한 점 혈육이요!
하지메	어찌해 서까지 잡혀왔는가? 죄질이 나쁜가?
순 사	요릿집에서 백단화를 훔쳤습니다.
하지메	백단화를?
영 진	도둑놈 애새끼가 어찌 아버님의 존함을 댔을까요? 무슨 곡절일까요?
서명우	(끼어든다) 전화 드린 별건곤의 서명우라고 합니다.
영 진	기별해 줘서 고맙소. 어찌된 일인가?
서명우	기삿거리를 건질까 하고 뻗치기 하는 중인데 한 놈이 눈에

들어와요. 처음엔 뻥을 치는데…

(유치장 안의 원세와 바같에 선 서명우는 다음 대화를 재현한다.)

원 세   특종 하나 줘요?

서명우   네까짓 게? (영진 일행 쪽을 보고) 김옥균 선생 관련 일화를 일자무식한 것이 제법 구체적으로 읊어제끼더라고요.

원 세   이거 정말 특종인데… (속삭이듯) 윤심덕이랑 김우진이가…….

서명우   그래, 현해탄에 함께 몸을 던져 죽었지.

원 세   아직 살아 있습니다. (사이) 저기 이태리에!

서명우   이태리? 이 놈 봐라? 네가 봉이 김선달이 자손이냐? 물고기 부레를 삶아먹었어, 허풍이 도를 넘어!

원 세   진짭니다. 우리 단장님이 만났답니다, 이태리에서! 여자명 자춘자! 여명춘 단장님이 김우진의 외가 쪽으로 오촌입니다. 김우진의 자취를 좇다가 이차저차… 이태리 골목에서 딱 만났답니다!

서명우   이태리 골목?

원 세   이태리 가는 거 어렵지 않습니다. 부산 떠나 요코하마로 가서 다시 상하이로 갑니다. 상하이를 통해 사이공으로 들어가서 싱가포르, 콜롬보를 거쳐 수에즈 운하로 들어가지요.

수에즈 운하는 마르세이유로 바로 통한다지요. 거기서 기차를 타고 이태리 로마까지, 조선에서 딱 40일이면 돼요. 단장님이 이번 신작으로 흥행에 성공만 하면, 꼭 저를 데리고 다시 가겠다고 했어요. 백구두에 양복 맞춰 입고서 가죽가방 들고!

서명우 그래서, 이태리에서 윤심덕이랑 김우진이 무얼 하고 있다더냐?

원 세 악기점을 하더래요. 비오롱, 첼로 이런 걸 판대요. 서양피리도 팔고요. 윤심덕이가 악기점 앞에 꽃 담긴 화분을 내놓으며 환하게 웃더래요. 시아주버니라고 저녁 식사도 대접받았다는 걸요. 이태리 사람들은 이렇게 한 가닥으로 긴 국수를 먹는대요, 여간해선 안 끊어진대요.

서명우 (원세의 귀를 잡고 흔든다.) 이렇게! 이렇게 질기다더냐?

원 세 아야야야. 놔요, 놔!

서명우 (영진 일행 쪽을 향해) 직접 확인해보심이······.

영 진 고맙소, 만나보도록 하지.

(순사는 원세를 끌고 나온다. 콧구멍을 틀어막고 잇몸까지 터졌는지 볼에 무언가를 물었다. 이 때문에 처음엔 말을 잘 잇지 못한다.)

영 진 너, 이름이 뭐냐?

원 세	워워세이, 워워워세이.
순 사	(얼른 끼어든다.) 원세, 김원세라고 합니다.
영 진	연고지는? 너, 한성에 사느냐?
순 사	청계천 너머 공터, 천막극장에서 먹고 잔다고 합니다.
영 진	(진술서를 본다.) 원적지는……?
원 세	추, 충청도 공주군 정안면 광정리.
하지메	고균 선생의 선산이 있는 데 아닌가?
영 진	본은 어찌 되느냐?
원 세	아, 안동 김씨 변족으로 중조부 김자병자태자, 중조모 은진 송씨, 조부 옥자균자, 조부의 생년월일이 돼지띠 신해년 정월 스무사흘.
하지메	(혼잣말로) 김옥균이 상해에서 비명횡사하기 일주일 전에 기생에게서 사다라는 여자아이를 얻었지. 지금 그 딸은 내지에서 즈키 시고로라는 사내와 혼인해 살고 있어. …고균 선생이 너의 외조부란 말이지?
원 세	(일본말로) 이이에, 와다시노 오도우상노 조센노 나마에와 방길 데스.
하지메	후사기치! 조선이름으로는 꽃다울 방을 써서 김방길이라는 사내아이를 보았다 하던데, 그 쪽이야? 나미 말고도 또 있지. 하코다테 온천에서 알게 된 스키타니 다마?
영 진	(방백) 방길이의 아들이 이제야 나타났다는 건가? 충달공의 손자! 좋아, 내 이 아이를 타고 올라 딱 영점 오, 영점 오

등급만큼만 집안을 일으켜보자.

(영진은 원세의 손가락을 들어 살핀다.)

영 진	이 것 보게? 이 손구락! 보세요. 몽땅하니 짧지요? 우리 집 안 내력에 단지증이 있소. 이런 손가락이 재주가 많지! 아버님도 본래 전각이랑 붓글씨랑 화투랑 손재주가 많으셨지, 망명객으로 살면서 그 재주로 생활비를 손수 벌어 쓸 정도였으니까. 그래 좀 더 이야기해 봐라.
서명우	일본에서 태어났답니다. 아비는 죽고, 어미는 재가하고 어디로 간 줄은 모른답니다. 그렇지만 죽은 아비한테 집안 내력을 소상히 들었다 합니다.
하지메	아비는 죽고, 어미는 재가하고 어디로 간 줄 모른다? 조선엔 언제 왔느냐?
원 세	칠팔 년 되었습니다. 박람회 짐 실어오는 배로 밀항했어요.
하지메	내지에선 어느 곳에 살았느냐?
원 세	황궁 앞 유라쿠조에서 물수건을 대령하는 심부름을 했습니다.
영 진	아이고, 정녕 아버님이 일본에서 뿌린 씨앗이런가.
하지메	그럼 너 왜 바로 고균 선생 댁을 찾지 않았어?
원 세	아버지께서 돌아가시기 전 저를 돌봐줬던 여급 아주머니에게 말씀하셨다 했습니다. 조선 한성 도성 안에 북악산과 인

	왕산이 바라보이는 곳 붉은 언덕에 조부님 집이 있다 들었 다고.
영 진	거기가 바로 홍현이다! 붉은 언덕, 예로부터 우리 집안이 터 잡고 사는 데지. 그런데 왜 안 찾았어?
원 세	아버지는 반은 조선인, 반은 일본인! 어미의 신분은 사생아 에 천한 여관 조바. 어디도 속할 수 없으니 너도 마찬가지 라고… (사이) 용기가 나지 않았습니다. 표식도 마땅치 않 고요. (입 안에 물고 있던 순사복의 떨어진 단추를 뱉어 손 에 꼭 쥔다.)
하지메	너, 내가 일본으로 전보 한 장 띄우면 다 들통 날 일이다. 고 균 선생의 여식 사다상이라면 뭘 좀 알겠지. 내 연줄이면 진위 여부를 다 알아낼 수 있어!
원 세	…영감님은 누구십니까?
하지메	나? 난 조선 문제 몰입가라고 해두지.
원 세	(단호히) 기별해보세요, 사다 고모님이라면 저도 만나고 싶 습니다! 말씀은 들었습니다만…….
하지메	흠!
서명우	참말이라면 특종입니다. 김옥균의 손자가 나타났다! 특종 중의 갑종입죠!

(전화기 울린다.)

순 사	모시모시! 하이! 곧 출동하겠습니다. 계동 쪽에 칠면도적이 출몰했다는 첩보입니다.
영 진	칠면도적! 아이고 고관대작의 집만 골라 폭탄을 묻고 소란스런 틈을 타서 재물을 훔쳐 간다는 도둑 아닌가? 계동이면 우리 사는 홍현이 엎어져 코 닿을 거리인데! 가만, 집에 가보아야겠습니다. 선생께 이 놈을 일임합니다. 거짓인지 참인지 살펴 주십시오.

(순사는 출동을 위한 호각을 울리며 나가고, 영진도 급히 따라 퇴장한다. 원세와 하지메, 서명우만 남는다.)

하지메	그럼 너 혹시 우키기노반에 대해 들은 바가 있느냐?
원 세	우키기노반… (손으로 나무판 모양을 펼쳐 보인다.)
하지메	그렇지! 바둑판 말이지! 너, 우키기노반의 행방에 대해 뭐 좀 들은 게 있느냐?
원 세	…(애매하게 끄덕인다)…
하지메	망명시절 선생이 온천장에서 즐겨 사용했던 바둑판이야. 바둑명인이 선물했던 거지. 내가 그걸 찾고 있다. 김옥균이 상하이에서 암살당했을 때 이 바둑판의 행방이 묘연해졌지. 여관주인이 빼돌렸다느니, 중국 공안이 차지했다느니, 말들은 파다하다만 도피자금을 마련하는 과정에서 조선에 들어왔다는 말도 있어. 혹시 바둑판의 행방에 대해 들은 바

는 있느냐?

원 세 　(긍정도 부정도 않고 빤히 본다. 하지메와 원세는 서로의
　　　　의중을 탐색한다.)

서명우 　하지메 선생! 김옥균의 손자가 나타났다, 사라진 바둑판의
　　　　행방도 나타났다, 대서특필을 하는 겁니다.

하지메 　그러고나면?

서명우 　혹시 모르지요. 어림없다, 그 물건은 내가 갖고 있다, 누군
　　　　가 나설지도.

하지메 　…그도 방법이겠구먼.

서명우 　대신 이 기삿거리는 제가 독점하게 해주십시오.

하지메 　그러지.

　　　　(순사, 다시 등장한다.)

순 사 　전 계동으로 출동해야 합니다. 이 놈을 어쩔까요?

하지메 　일단 나를 믿고 내주게. 신상을 상세히 털어봐야겠어. 도둑
　　　　놈 잡범으로 판명나면 그때 가서 혼구멍을 내도 늦지 않을
　　　　걸세.

순 사 　예! 그럼 선생께 맡기겠습니다.

서명우 　김옥균의 손자가 나타났다, 특종 중 갑종이다! 대중은 이런
　　　　사연을 좋아하지. 불령선인에 칠면도적, 흉흉한 소식에 훈
　　　　훈한 늬우스를 끼워 파는 거야. 한 방 터뜨려 보자!

2막 여름

1. 영진의 집

(대청마루 아래 차일을 쳤다. 이 차일은 다음 장면의 천막 극장으로 다시 쓰일 것이다. 차일 아래 1인 소반 상차림이 들여온다. 무리마다 따로 자리를 잡고 있다.)

손님 1 　　(나지막이) 오늘은 아니지 않아? 3월 28일, 그 날이 제삿날 이지 왜? 상하이에서 세 발의 총성이 탕탕탕!

손님 2 　　아니야, 아니야. 사월 여드레 조선의 마지막 능지처사! 마 포 양화진에서 효수된 날이야말로 제삿날이지!

손님 3 　　아니라니깐. 흩어진 수급을 찾기나 했어? 일본인 가운데 김 옥균 대감을 흠모하는 이들이 대감의 머리터럭 한 줌을 어 렵사리 구해서 땅에 묻고, 동경 어드메에 묘를 세웠다는구 만. 그날이 오늘이래!

손님 1 　　지금은 일본 놈 세상이니 일본 놈 주재하는 대로 따르는 수 밖에.

손님 2 　　저승에 계신 고균 선생의 원혼이 수긍하실까?

(사막紗幕 안 쪽에선 영진과 유씨부인이 옥신각신이다.)

42

유씨부인	놓아, 이것 놓아.
영 진	아이고 어머니 그냥 계셔요. 나가시면 안 됩니다.
유씨부인	넌 뉘기여?
영 진	영진이요, 영진이!
유씨부인	어어. 오늘이 뭔 날이여?
영 진	아버님 기일이잖아요. 제사상 받는 날.
유씨부인	제사상을 받어? 그 양반이 자손이 있어?
영 진	저요, 저 영진이가 있잖아요.
유씨부인	영진이가 뉘여? 사위여?
영 진	어머님 아들이에요.
유씨부인	아들? 내 아들?
영 진	예, 양자 김영진이. (귀에 대고 큰 소리로) 어머님이 비바람 속에서 도롱이 씌우고 업어 데려온 양자, 영진이에요.
유씨부인	배 아파 낳은 내 딸은 어디 가고 자네가 왜 있어?
영 진	참 나! 누이는 시집가서 시름시름하다 십 년도 더 전에 하늘나라 갔잖아요.
유씨부인	갔어? 갸가 어려서부터 잔병이 많더니 쯧쯧, 딸이어서 다행이지 뭐여. 아들이면 어쩔 뻔 했어? 자식 내일을 망치는 게 무슨 아비여. 역모를 했으니 삼족을 멸할 일! 그 양반이 본래 저지레가 많았어. 에휴, 아들이 없어 그랬을라나, 어째 그리 나서서 방정이랴. 정변이라니 원! 갑신년 지나 갑오년… (사이) 가만, 빌 모레가 인산날 아니야? 융희 황제 만

만세! 이 나라 마지막 왕이 가시는 날이다! 어여 흰 고무신 닦아 놓고, 삼베 두루마기 풀 먹여라.

영 진   (한숨) 사년 전 일은 손 살피처럼 꿰면서 어째 작금을 못 헤아리시나.

유씨부인   폐하! 폐하 덕분에 김씨 가문이 복권되고, 집 찾고, 땅 찾고, 인제는 대대손손 잘 사는 일만 남았습니다. 만세! 만세! 대한제국 만세! (영진은 얼른 입을 틀어막는다.)

영 진   아이고, 어머니! 대한제국은 망했어요, 지금은 일본 세상이어요.

유씨부인   대한제국이 망했어? 대한제국이 새 물건인데 어째 망했을까? 조선이야 오백년 낡았지만······.

영 진   어머니, 고만 들어가 한잠 푹 주무세요. 대추즙 넣어드릴게.

         (원세와 여명춘 문밖에서 서서 쭈뼛쭈뼛 안쪽을 엿본다. 둘 사이 다음과 같은 대화가 오간다. "지난 번 던진 미끼는 물더냐?" "뭐?" "자치통감" "전해줬어.", "잘했다!" 여명춘은 한편으로는 고대수를 기다린다. 이 때 대수가 급한 걸음으로 등장한다. 그는 머릿수건을 쓰고 치마저고리를 입은 차림이다. 머리에는 좌판을 이고 있다. 좌우를 살핀다.)

단 장   대수야, 넌 왜 이제 와? 어딜 그리 쏘다녀?
대 수   약 팔다 오느라 늦었소.

44

단 장	(비아냥) 보발꾼 내력을 발휘했냐? 축지법으로 대전 이남 오일장이라도 댕겨 왔어? 몇일을 안 보여. …이게 웬 화약 냄새야?
대 수	무슨 냄새? 솥단지 옆에 서있었더니 냄새가 배었나? 서대문 들러서 고약을 받아오느라고 늦었소.
단 장	제 볼일 보는 데만 잰걸음이지. 극단살림은? 나는? 이리 내 팽개치기야?
대 수	네미럴, 지금 당장 차력 쇼라도 하는가!
단 장	쉿, 오늘은 원세 원맨쇼다! 우린 추임새만 넣으면 돼. 원세야, 나랑 연습한 대로만 해라. 한 몫 챙기면 바로 신극을 올리는 거야! 처음엔 사랑방 차지, 나중엔 안방, 곳간 다 차지. 잘만하면 도련님에, 주인공에 이 세상이 다 네 거야!

(단장은 주저하는 원세에게 보따리를 들려 안마당으로 밀어 넣는다.)

원 세	일이 잘못되면?
단 장	잘못되면? (사이) 하숙비라도 받아내야지!
원 세	응!

(사이, 조명이 대청마루를 비추면 상청에 앉은 영효의 모습 보인다.)

논산댁   큰 절 올려라. 은인 중의 은인이시다. 후작님 덕분에 우리
          가 한성으로 돌아와 살게 되었고, 할아버님 복권도 이룰 수
          있었지. 복권 전에는 쑥물도 버리기 아까울 정도로 아주 가
          난한 시절을 살았다.

          (원세, 절 한다.)

영 효   김옥균이 기모노 아래 허벅지께나 주무르더니만 그예 씨를
          떨어트렸구먼. 너, 내가 누군지 아느냐. 내가 생전의 네 조
          부와 운명을 함께 하고 사후엔 비문에 찬을 쓴 금릉위 박영
          효다. 어디 보자. 옥균이 생전에 그리 호협하더니 시궁창에
          서 꽃을 주웠구나. 눈매가 닮았어. 먹머루처럼 또랑또랑하
          구나. 손재주는 어떠냐? 네 조부는 일본에서 서예와 노름으
          로 먹고 살았어. 손쓰는 거라면 다 잘했지!

범 선   인물은 인물이었지요. 네 조부 덕분에 조선이 중국의 속국
          이 아님을 만방에 알렸다.

하지메   고균 선생 식견으로 일본과 조선이 일찍이 손을 잡을 수 있
          었지.

          (박영효, 상을 찌푸린다. 이때 일인 무리 영효 앞으로 다가
          온다.)

46

일인 1	저희에게도 고균 선생의 손주를 소개해 주시지요.
영 진	인사 올려라. 아버님의 유지를 받들어 그 뜻을 오늘에 기리는 고마운 분들이시다.
일인 2	우리는 고균회의 조선지부 회원들이다.
원 세	조선 지부요? 본부는 일본에 있습니까?
하지메	그렇지, 일본에는 김옥균 선생을 존경하는 사람들이 많지. 선생을 추모하는 고균회 1대 회장이 도야마와 이누카이 선생이시다. 생전에 복권을 위해 힘썼지.
일인 1	'나 도야마와 이누카이는 김옥균의 표창을 건의하는 바이다. 조선 개혁당 수령 고故김옥균은 마침내 일본에 의지하여 조선의 부패한 정치를 개혁하고, 중국의 잠식을 억제한 영웅이다. 김옥균의 은덕에 힘입어 한국합병의 대업을 이루었으니 그는 동양평화의 희생물이라! 그 공덕을 기리기 위해 표창을 건의한다.'
박영효	(손으로 상을 내리친다.) 김옥균, 김옥균! 왜 자꾸 정변의 공을 김옥균이에게만 돌려? 나는 병풍이야? 신식군대를 키우는데 얼마나 돈이 드는 줄 알아? 김옥균이는 단 돈 만 원도 보태질 않았어. 그 돈 내가 다 냈어. 망명가서도 인력거 값, 온천장 팁, 다방 차 값 내가 다 변통했어. 김옥균이는 나 아니면 어림도 없었어!
영 진	고정하십시오. 일본 정부도 인정하여 공에게 후작 작위를 내리지 않았습니까?

손님 1	(탄식하듯) 갑신년 혁명이 성공했다면야 조선의 운명이 달라졌을지도 모르지요.
손님 2	어쨌든 김옥균이 위인은 위인이었지요.
박영효	위인은 무슨 위인? 때를 알아야 진정 위인이지! 때란 무르익어야 하는 법, 김옥균이는 풋감을 따버린 거야. 수중에 군사력이 있기를 했나. 군자금이 넉넉하기를 했나. 김옥균이, 재예는 또 얼마나 얄팍한가? 여자나 후릴 줄 알았지, 얇은 말솜씨로 전하의 마음을 후리고, 조선의 운명을 후려 제 주머니에 넣으려 했던 거지. 에잇, 인후통이 도져서 더는 못 앉아있겠다.

(박영효, 퇴장한다. 모두들 일어나 배웅한다.)

영 진	많이들 잡수세요. 점돌아, 여기 산적 꼬치 좀 더 담아내 오너라. 와주서서 감사합니다. 아버님께서 이 자리에 와 계시면 반길 겝니다.
점 돌	생전에 초밥을 즐기셨다니 내지 쪽 제사상에 가셨을지도?
영 진	예끼! 손주가 예 있는데 왜 내지엘 가? (영정사진을 보며) 아버님, 드디어 찾았습니다. 아버님이 남긴 일점 혈손 원세를 찾았어요. 전 이제 여한이 없습니다. 집안을 위해 도리를 다 했어요. 일본과 조선이 합방을 하여 원세 애비를 만들고, 애비는 또 원세를 낳았으니 내선일체가 따로 있겠습니까?

| 손님 3 | 참말 이 소년이 김옥균의 손자가 맞습니까? |
| 영 진 | 눈 있으면 보시오, 이 소년을! 팔뚝도 장딴지도 목덜미도 참으로 탄탄하지 않습니까? 눈빛은 조부님을 빼다 박아 살아있고요. 조선 씨앗이 건너가 이렇게 섬나라 화산토에서 잘 열매 맺어 품종개량을 이뤘습니다. 일등국민, 이등국민이 화합해 만세의 고등국민이 된 거지요! |

(손님 일동, 헛기침 등)

| 영 진 | 자, 자 종친회 어르신들 확실히 해뒀으면 합니다만 원세는 우리 집안 아이가 맞습니다. 여기 계신 수나가 하지메 선생께서 일본으로 전보를 놓아 확인해 주셨습니다. 제가 어찌하여 양자로 이 집에 와서 족보에 금칠은 더하지 못하더라도 살뜰히 대는 이어보려 애를 썼지마는 손이 귀해 일점혈육을 얻지 못하여… (목이 멘다.) 우리 집안을 이을 대를 끊을 수도 있는 대죄인이 되어… 그런 중에 원세를 찾게 되어 얼마나 다행인지 모르겠습니다. |
| 하지메 | 이걸 보시오, 소년이 간직해온 고균 선생의 유품이라오. 현해탄 건너 조선 땅으로 돌아오는 길 배 멀미에 몇 번을 놓쳤어도, 종내 간직했다고 하더군. (좌중에 낡은 고문헌을 돌린다.) |

(손님들 수군거린다.)

영 진   이 핏자국을 보세요. 충달공께서 자객 홍종우의 흉탄에 돌아가실 제 상하이까지 품고 갔던 그 책이랍니다. 리홍장과 대화할 때 화제로 삼으려 했던 그 책! 자치통감!

하지메   (과장되게 고개를 끄덕인다.)

유씨부인   (박차고 나온다.) 저 놈이 누구야? 천한 것을 또 들여놓았어?

영 진   아이고 어머니, 주무시지 않고 또 왜! 원세야, 숨어라.

유씨부인   내 눈에 흙이 들어가도 안 돼! 왜년 시앗이 낳은 자손은 못 거둔다! (손에 잡히는 대로 집어 던진다. 급기야 자치통감을 찢어발긴다.)

영 진   저거 뺏어! 어머니! 원세야 피해라. 에구, 구슬이래야 장롱에 숨기기라도 하지.

유씨부인   바다 건너 왜놈 땅에 출장이 잦더니만 왜년을 꽁꽁 숨겨두고서 들락날락, 아예 조선으로 안 돌아왔지? 몸과 마음은 왜년한테 주고 허깨비로 팔다리 없이 왔어. 내 절대 못 받어, 쫓아내라! 내 눈에 흙이 들어가기 전엔 내 집안에 못 둬!

영 진   잠시만 피해라. (병풍 안쪽으로 원세를 밀어 넣는다.)

(유씨부인을 회유해 겨우 들여보내고, 논산댁은 자리를 수습해 새로운 음식들을 내온다.)

논산댁	드셔요. 더 드셔요. 총독부에서 엽엽하게도 제수비용을 보내왔지 뭡니까? 천엽도, 육전도, 이강주도 넉넉하니 마음껏 드셔요.
단 장	(입맛을 다시면서) 예, 예 잘 먹겠습니다.
범 선	여관방에 묵고 있다 했나?
영 진	(한숨) 원세한테는 미안한 일입니다만 여름 다 되도록 방 하나를 비우질 못했어요. 어머님 진노가 가라앉을 동안만이라도 살던 대로…
단 장	제가 잘 데리고 있겠습니다. 아직은 나이 어린지라 외로움을 타서…
논산댁	어머님이 저리 노여워하시니 당분간은 어쩔 수 없지요.
단 장	한 가지 염려가… 신문 잡지에 다 알려져 저잣거리에 홀딱 벗고 서 있는 꼴이니, 친일파 자손이라고 칠면도적의 표적이 될까 하여 그게 걱정이지요.
손님 1	동에 번쩍, 서에 번쩍 세도가들 집이라면 다 쑤시고 다닌다는 그 괴이한 도적 말씀인가요?
손님 2	칠면도적이 그냥 도적은 아닌가 보든데?
범 선	이 나라를 훔쳐 장물로 삼은 자들의 재산을 몰수하겠다, 하는 명분을 앞세우는 패거리라 하오.
손님 1	패거리가 아니지요. 1인 혼자서 신출귀몰 한다지요.
손님 2	변장을 잘 하는가? 정말 얼굴이 일곱 가지랍니까?
손님 1	순식간에 가면을 바꿔 써서 사람 혼을 쏙 빼놓는답니다.

범 선	그걸 대일본제국의 순사들이 못 잡나 그래.
손님 1	독립군이라는 설도 있어요.
하지메	(술병을 들고서 옮겨와 말을 건다) 원세를 거두고 있다지요?
단 장	(입 안 가득 음식을 문 채) 여명춘이라고 합니다.
하지메	무슨 일을 하시는가?
단 장	신극 운동을 하고 있습니다.
범 선	신극!
단 장	예, 뭐, 조촐히.
하지메	(단장 옆의 대수를 눈짓하며) 두 분은 내외 사이요?
단 장	(얼른 머릿수건을 벗긴다)
대 수	(치마를 걷고 양반다리를 하고 앉은 허벅지를 드러낸다) 약을 팔다 오는 길이라 그만.
단 장	양해하십시오.
범 선	무슨 약을 파나?
대 수	고약도 팔고, 화류병 약도 팔고, 장터로 돌면서 차력도 좀 하고, 뭐 그렇게 살고 있습죠. 원세 놈을 바람잡이 삼아서… 이젠 원세가 양반 피라 하니 마구잡이로 돌리기는 어렵게 되었습죠.
범 선	약장수 패거리고만?
단 장	약장수라니 무슨 말씀이십니까?
범 선	아니면 곡마단?
단 장	저희는 새끼 말 한 마리 키우지 않습니다! 극단이란 말입니

다, 어엿한 극단! 신극을 준비하고 있지요.

범 선   신극단이 약을 팔어?

단 장   약 파는 일은 예술 행위 막간에 잠깐으로다가……

대 수   극단에 원숭이가 한 마리 있었습죠. 원숭이 고 녀석이 벌겋
         게 거기가 서더니만 분 냄새를 맡으면 날뛰어요, 그러더니
         어느 날 제가 파는 도쓰가빈을 훔쳐 먹고 사흘 낮 사흘 밤
         을 성이 나서 돌아 치대요. 결국은 제 기운을 못 이겨서 뒈
         지고 말았죠. 원숭이를 다시 구할 수는 없고 해서, 쬐그마
         한 덩치를 구하던 참에 장터 주변을 어슬렁거리던 원세를
         받았지요. 그 때부터 원세가 원숭이 역도 하고, 손님들 신
         발도 지키고……

단 장   (얼른 끼어든다.) 원세는 곧 뿌롬쁘터로 승급할 겁니다. 눈
         치 빠르고 영민해서 무슨 대본이든 금세 외워요. (사이) 아
         이고, 이젠 귀한 댁의 도련님이시지! 덩치도 웬만히 컸으니
         주인공 배우를 해야지. (사이) 원세에게 신극을 가르치고
         싶습니다! 허락해주시면.

영 진   그거 다 광대놀음 아니야?

단 장   광대놀음 아닙니다. 신극, 신문물! 까막눈 민중을 깨우치자
         는 계몽 지식인의 소명이지요.

범 선   유학을 하고 온 명문가 자제들, 선각자 양반이 신극에 앞장
         서고 있긴 하지.

하지메   신극을 하려면 츠키지로 가야해! 배우려고 든다면 내지 가

서 제대로 배워야지! 내 대륙낭인의 꿈을 좇기 전엔 연극에
도 관심이 많았지. 서양을 배우려고 참말 열심이었어. 난
수나가 하지메라고 하오.

단 장   아이고 선생! 이토록 고명하신 분을 뵙게 되어 영광입니다.

하지메   어찌 나를 아오?

단 장   인사동, 관철동 쪽에서 유명짜 하십니다.

하지메   허허 그런가? 그래 극단 이름이 뭐요?

단 장   은하계, 극단 은하계라고 합지요!

대 수   차력할 땐 별세계, 신극 하면 은하계? 둘 다 멀고도 한참을
          멀구나.

단 장   (황급히) 지금 창단작으로 올릴 대본을 집필 중입지요!

하지메   극작가시로구만, 극작가야말로 개명한 선구자지! 한 나라
          의 민중을 계몽하는 데는 연극이 제일이야. 조선 민중에게
          들려줄 이야기가 얼마나 많은가? 한 편 만들어보시오, 소재
          가 마음에 든다면 내 투자를 하지!

단 장   아이고 정말입니까? 그리만 된다면야!

하지메   생전에 후쿠자와 선생께서 말씀하셨소. 후쿠자와 선생은 고
          균 망명시절에 크게 도움을 주었지. '나 후쿠자와 유키치는
          극작가가 되려하오. 내 하는 일은 역사의 한 장면, 대본을 만
          드는 일이요. 그 대본이 무대에서 공연되는 것을 볼 때 내 마
          음은 더없이 상쾌하오. 허나 조선의 운명에서만큼은 작가를
          넘어 연출까지 하려 하오.' 선생은 김옥균의 거사를 앞두고

54

는 대본작가에서 머무르지만은 않았어. 후쿠자와 선생은 김옥균을 배우로 선정하고, 연기를 지도하고, 또 무대 장치 만반을 지시했던 거야. 심지어 거사의 수습에까지 관여하셨지, 김옥균이 참말 선생의 배우 아닌가, 주연 배우! 하하하하!

(일동 어색하게 따라 웃는다. 사이, 고대수는 요의를 느꼈는지 자리에서 일어나 변소로 향한다. 그러나 귀찮은 듯 도중 담벼락에서 치마를 걷고 선 채로 소피를 본다. 영진, 대수를 따라붙는다.)

영 진   약장수 양반! 나, 그것 좀 삽시다.
대 수   예? 뭘?
영 진   그거, 원숭이를 괴롭힌 그 약.
대 수   아, 도쓰가빈요?

(영진 끄덕인다. 이때 거지 행색을 한 노인이 마당에 등장한다. 용수를 썼다. 삼돌이가 말린다.)

손님 1   웬 소란이야?
손님 2   세도가들 상가집, 혼례집 가리지 않고 들이닥쳐 술이나 얻어 마시는 미치광이 노인네 아니야?
노 인   오늘이 바로 그 날, 김옥균이 환갑날인가 보오. 나라의 대

경사 아닌가? 양수양족 제 수급을 던져 현해탄 바다를 메우려 했으니 영웅 아니요. 경사에 술 한 잔 얻어 마시자는데 무슨 인심이 그래? 합석합시다!

범 선   (흥미를 보이며 손짓하여 하인을 물리친다.) 한 잔 받으시오, 말본새를 보아하니 식자는 틀림없겠고, 본은 어디신고?

노 인   자리마다, 경우마다 성을 달리 쓰지요. 행세하던 여흥 민씨라고도 하고, 나라 망친 풍양 조씨라고도 하고, 뼈 무르고 무능한 전주 이씨라고도 합지요.

박영효   어허, 감히 누굴 참칭하는가?

노 인   낯색이 날로 좋아지는구만! 벼슬도 높아지고, 재산도 불고, 천수를 다 누리고. 전생에 나라를 구했는가, 금생에는 이 나라를 망치지 않았어?

박영효   이 미친 영감탱이를 좇아내라.

노 인   불알의 씨를 발릴 놈들! (상을 엎는다.) 한 패거리로 모였구나! 김옥균이 자손은 어디 있나? 나와!

범 선   도포에 망건, 양반 시늉은 하는데 말본새는 영 상것이구만!

노 인   양반? 상것? 좋아하네, 조선 땅에 양반이 어디 있어? (품바 타령조로) 양반양반 한 냥 반이로구나. 조선 쌈지 한 냥 반은 다 어디로 흩어졌나. 닷 돈은 개화당이 주워 먹고, 닷 돈은 독립당이 주워 먹고, 남은 닷 돈은 어디로 갔나, 동학당 효수하는데 다 썼구나! (병풍을 손으로 치니 원세의 모습이 드러난다.) 네 이 놈, 네가 대역부도 김옥균이의 손자더냐?

니 하래비의 죄를 너는 아느냐? 김옥균이로 인해 조선은 망했다! 조선의 개화바람을 똥바람으로 만들어버렸어! 그 죄를 갚아라! 내 너의 씨를 털리라. 김옥균 자손의 씨를 다 말릴 것이야!

(노인은 원세의 아랫도리를 찬다. 그리고 원세의 고의춤을 잽싸게 움킨다. 품에서 단도를 꺼내 원세의 남근을 자르겠다고 난동을 부린다. 이를 막다가 단장이 손을 벤다. 와중에 단장은 곧 군중 가운데 1인에게 옆구리를 걷어차인다. 숨이 넘어가게 비명을 지른다. 노인은 재빨리 도망한다. 담 밖에서 함성소리가 돌려온다.)

소 리   쿨리다. 되놈 쿨리다! 잡아라, 족쳐라! 저 놈이 내 손님을 빼앗았다!

(군중이 몰리는 함성소리)

영 진   대체 이게 무슨 난리야.
점 돌   조선인 인력거꾼과 중국인 인력거꾼 사이에서 시비가 붙었답니다.
구 호   (노래에 가깝다) 파산 멸망에 임박한 노대국의 떨거지들, 너 살던 곳으로 돌아가! 우리 일자리를 넘보지 마, 우마처

럼 멸시받고 천대당할 청인들아 야마토 민족과 가장 가까
운 자 누구인가? 조선인이다, 조선인이 이등신민이다.
(고대수, 나가려고 시도한다.)

점 돌   아이고, 지금은 못 나갑니다. 경성역 지게꾼들이 종로통을
         다 장악했어요.

기 자   완바우산, 평양에서 그 난리가 나더니 안봉선 철로에서까
         지 조선인 중국인이 싸움을 붙지를 않았소?

하지메   철도는 북상하는데 인심은 남하하는군!

범 선   이러다가 큰일을 치르지.

점 돌   중국인 가게가 박살이 났답니다.

         (함성소리 가까이서 들려온다. 군중들의 발자국 소리, 깃발
         휘날리며 영진의 집 담을 지난다. 모두 꿩병아리 흩어지듯
         몸을 숨긴다.)

대 수   (단장에게) 엄혀, 얼른! 양의 있는 병원으로 갑시다!

2. 천막극장

         (아랫도리를 쥐고 끙끙대는 원세, 한 손에 붕대를 감고 등

장하는 단장)

단 장   좀 어떠냐?

원 세   몰라요. (고의춤을 쥐고 쩔쩔맨다.)

단 장   제대로 맞았네! 너 이제 장가는 다 갔다! 홍이야, 너 이래도
          원세가 좋으냐?

홍 이   (어쩔 줄 몰라 한다.)

단 장   미친 노인네! 왜 여물지도 않은 불알을 차! (사이) 홍이야,
          대수는 어디 갔냐?

홍 이   약 구하러 동대문 너머…….

단 장   대수 놈은 참 이상한 놈이야? 처음엔 그 아수라장 속에서도
          눈 깜짝 않고 산적꼬치만 빼먹더니 내가 칼침을 딱 맞으니
          까⋯ 얼른 나를 업고! 대수 등짝 참 실하지? 대수놈이 병원
          으로 뛰었으니 망정이지 신경 줄이 크게 상할 뻔 했어. 아구
          구구 홍이야 여기 연고 좀 발라봐라. (호랑이 연고를 꺼내
          건넨다.) 아야, 그래, 거기 거기! 난리 통에 옆구리가 채였나
          봐. 채인 데는 호랑이 연고가 직방이지. (원세에게 연고를
          내밀며) 야, 근데 네 양숙부는 왜 하숙비를 안 주냐?

원 세   (신음을 참는다.) 기다려 봐요, 내가 홍현 집에만 들어가
          면…… 아이고 아파라!

단 장   안 되겠다, 대수 약통 어디 있냐? 고약이라도 써보자. 종기
          에 직방이니 맞아 부은 곳에도 듣겠지.

(홍이, 만류한다.)

단 장   괜찮아. 괜찮아.
        (약통을 풀어 약을 꺼낸다. 고약이다.)
단 장   일단 침으로 으깨서… 여깄다, 구석구석 잘 발라라.
원 세   (한 쪽 구석으로 가 고의춤으로 손을 넣어 약을 바른다.)
단 장   죽은 김옥균은 괜히 불러내서 아주 꼬숩다! 제 꾀에 제가
        넘어간 거지. 잔머리는 아주 갑이라니까, 외운 걸 단박에
        써 먹어? 네놈은 사주팔자에 사기꾼 사짜가 들었을 거야,
        그렇지 응? 원세야 너 그 좋은 머리로 나랑 신극이나 하자
        니까. 삼일천하! 갑신년 정변 그 밤 시간을 손살피처럼 들
        여다보자는 거야, 무대 위에 올려서! 김옥균 손자 김원세
        주연! 그 아니 좋으냐?
원 세   …약이, 약이 바뀌었어. 어떡해? (바지춤을 잡고 쩔쩔맨다.)
단 장   (크게 웃는다.) 문제 없겠다. 장가는 가겠어. 도쓰가빈, 신
        통방통이다!
원 세   (급기야 바닥을 구른다. 아파서 어쩔 줄을 모른다. 가랑이
        를 잡고 끙끙댄다.)
단 장   홍이야, 얼음가게 다녀와라. 식혀야지, 이러다가 애 잡겠다.
        (홍이는 돈을 받아 뛰쳐나가듯 사라지고, 단장은 다른 약을
        찾아 대수의 짐을 뒤진다. 약을 진열해놓은 좌판 엎어진다.
        좌판 아래쪽 숨겨 놓았던 삐라 뭉치가 떨어진다.)

단 장	뭐야? (삐라 뭉치를 펼쳐 읽어본다.) 충의의 기백과 희생의 정신이 강고한 자여, 단원이 되라. 조선 총독부, 동양척식, 매일신보, 경찰서를 폭파하고 총독부 고관대작, 매국적 친일파 거두, 적의 밀정, 반민족적 토호와 악덕 지주를 처단하자. 맹서 일, 우리 의열단은 천하의 정의로운 일을 열렬히 실행한다. 맹서 이, 우리 의열단은 조선 독립과 세계 평등을 위해 신명을 바친다. …대수야, 너 뭐하고 돌아다니는 거냐?

3. 양복점

(매미소리가 크게 울린다.)

일인 1	매미울음이 유난하군.
일인 2	매미소리만큼은 조선이 짱짱하지.
일인 1	나라가 망했으니 곡을 하는 것 아니겠나?

(하지메, 찻잔을 만지작거린다.)

하지메	칠기로구만. 조선 옻칠이 제일이지! (함께 온 일인들에게) 상해에서 총질을 당한 김옥균의 시신을 조선으로 보낼 때,

썩지 말라고 옻칠을 해서 보냈지. 옻칠의 성질이 어떤가, 천 년이 지나도 변함없어. 앞으로 김옥균의 쓸모가 꼭 그럴 것이야, 오래토록 유용할 것이야.

일인 1   김옥균이, 조선에서는 홀대당했지요?

하지메   능지처사한 뒤 수족을 잘라 소금에 절여서 팔도로 보내 전시를 하게 했지. 이씨 조선에게는 대역무도 죄인이었으니까. (사이) 삼화정신숭모순례단 모집은 순조로운가?

일인 2   인원이 거의 다 차갑니다.

일인 1   반도와 내지, 대륙을 두루 엮는 일정이지요. 동경에 있는 선생 묘도 찾아보고 시해당한 장소, 상하이 여관도 방문하고 아오야마 묘역이랑 아사쿠사에 있는 혼간지도 가고, 오가사와라 유배되었던 섬까지 들러볼 겁니다.

일인 2   조선에 들어온 현양사 일원들이 일진으로 참여할 예정입니다.

하지메   고균이 남긴 일점 혈손 김원세군의 특별 강연이 있다고 널리 알리게. 반도와 대륙의 지식인과 민중을 우리 편으로 하려면 삼화사상, 명분을 쌓는 게 중요해. (큰소리로) 원세군, 강연 원고는 다 외웠나?

(탈의실 안쪽 원세의 목소리가 들린다.)

원 세   하이, 다 외웠습니다!

일인 1	어때? 잘 맞나? 입고 나와 보게.
일인 2	(사회자처럼) 동양문명의 고결함을 전할 김원세 군을 소개합니다!
원 세	(등장) 조끼가 아직도 좀 끼네요.
하지메	그새 몸이 불었구먼. 한창 때지.
일인 1	장차 너의 발길이 닿는 데마다 조부님의 정신이 살아날 것이다. 생전 김옥균이 설파한 삼화정신을 잘 새겨라. 방방곡곡 조선 땅을 밟으며 조선인의 가슴에 불을 지르는 거다!
일인 2	아시아의 선구자 김옥균의 삼화주의를 온 몸으로 증거하자는 거야!
원 세	…하지메 선생님, 물에 뜬다는 바둑판은 찾으셨나요?
하지메	광고를 냈는데도 소식이 없어. 김옥균의 유일한 혈손이 할아버지의 유품을 간절히 찾고 있다, 후히 사례하겠다, 고균 선생기념관 맨 안 쪽에 보배처럼 모시겠다 했건만, 값만 올려놓은 꼴이지. 거짓 정보들만 난무할 뿐. 아무래도 조선에는 없는 모양이야, 대륙을 뒤져야 할 것 같다. (원세의 양복 깃을 바로 잡아준다.)
원 세	전 언제까지 한뎃잠을 자야 하는 겁니까?
하지메	(사이) 네가 원하는 게 무엇이었지? 시키는 대로만 해, 유명해지고 싶지 않나?
일인 1	자, 갖춰 입었으니 선생 앞에서 연설 한 번 해 보거라.
일인 2	연단 위 배짱이 제법입니다.

하지메	고균 선생의 자손인데 언변이야 어지간하겠지.
일인 2	착복식 겸 한 대목 해 보아라. 어서!
원 세	(처음은 어색하게 시작한다) …대저 삼화, 삼화, 삼화란 무

엇입니까? 조선과 일본과 지나가 손을 잡아 서양이 힘을 앞
세워 밀고 들어오는 것을 막아야 한다, 개화당 당수, 갑신년
정변의 주역 김옥균 대감이 설파한 삼화사상 올시다. 김옥
균 대감은 메이지 유신을 본받고 조선을 바로세우고자 신
명을 바쳤습니다. 일본, 조선, 중국 3국의 화합을 상해의 마
지막 날 아침까지 구상했습니다. 일본인과 조선인, 중국인,
삼국인은 공존 공영하라! 저는 김원세올시다! 오늘날 충달
공 시호를 받고 흠모하는 이가 내지에 넘쳐나는 김자옥자
균자 김옥균선생의 일점혈육 김원세라 합니다. 제 조부께
서 생전에 주장하시기를 일본, 조선, 중국, 이렇게 삼국이
손을 잡고 화목과 발전을 도모하여 동아시아를 살찌우자,
외치셨습니다. 이것이 바로 삼화사상의 요체올시다. 지금
은 그 꿈을 이뤄 일본, 조선, 중국이 하나 되었습니다. 일본
은 대일본제국으로 우뚝 섰고, 그 휘하에 몽골 그리고 만주
국까지 하나로 깃드니 이제 우리 사는 세상은 삼화를 넘어
오화五和 세계를 이룬 것이 아니겠습니까? 이제 삼화사상을
이어받아 오화세계가 화합하고, 그 힘으로 지구상에 왕도,
낙도를 구현해 갑시다. 조선인이여 깨어나라, 아시아여 연
대하자. 서양의 제국주의자들을 쳐부수자, 대동아공영만이

	살길이다! (사이) 흐유, 도무지 갑갑해서 숨이 안 쉬어져요.
하지메	벗고 와라. 품을 늘려야겠다.

(원세, 양복을 갈아입는 동안)

일인 1	저 아이가 진정 김옥균의 손자 맞습니까?
하지메	아무려면 어때, 지금 정세는 빠르게 변하고 있어. 김옥균이 살아있을 적에 일본은 아시아와 함께 하는 흥아정책을 따랐지만, 지금 우리 목표는 탈아입구야. 아시아 따위는 안중에 없어. 미개한 조선, 반개한 지나, 문명한 일본! 수준이 다른 데 어떻게 하나로 화합하나? 김옥균은 순진했어. 대등한 우호관계는 애초에 불가능한 것. 아시아의 맹주는 오직 일본일 뿐이야. 일본 아니면 누가 러시아, 영국, 미국을 따라잡아? 아시아를 버리고 서구 열강의 대열에 든다, 우리 목표를 이루기 위해 당분간 김옥균의 삼화주의 정신 전도는 여전히 유효하다고 봐야지.
일인 2	적어도 조선인들을 설득하는 데는 그만한 게 없지요.
하지메	(끄덕인다) 조선인 스스로 조선이 대륙병참기지로 손색없음을 증명하는 거지. 전기, 철도, 의료 위생과 근대화! 약진하는 조선 현실을 증거 삼아 대륙인의 심정을 차츰 감동시켜 나가는 거야. 그러자면 먼저 조선 내부를 완벽히 장악해야 해, 조선인의 마음을 움직여 지나인과 손을 잡고 대동아

공영으로 나가게 한다. 삼화정신의 깃발! 그걸 저 소년에게
맡기려는 거야.

(원세, 조끼를 벗어 들고 나온다. 하지메, 원세의 어깨에 자
신이 입고 온 망토를 벗어 걸쳐준다.)

하지메   김옥균의 혈손 김원세 군! 바로 서라! 너는 이제 일한 민족
연합의 중개자에서 진정한 삼화의 중개자가 되는 거다. 나
는 군이 동아시아 신질서 건설의 중대사명의 전사가 되기를
희망한다! 일본과 중국을 잇는 견실한 집합체가 되어 만계
대중의 모범이 되고, 부디 협화 증진의 도력이 되어다오!

3막 늦가을

1. 새벽의 천막극장

(멀리 닭 우는 소리, 홍이가 호야에 불을 붙인다. 실내 밝아
진다. 원세는 세수를 하고 수건으로 목덜미를 닦으며 들어
온다. 홍이, 찌그러진 냄비를 들고 원세를 따른다.)

66

홍 이	마셔, 훌훌. (조선어 발음이 서툴다.)

(고대수, 난로를 지핀다.)

원 세	잣죽이네? 어디서 났어?
홍 이	(고대수를 가리킨다.)
대 수	구파발 께 암자에서 몇 줌 얻었다. 담을 개비하려고 헐었는데 잣이 두 포대가 나왔대. 가을 내내 다람쥐가 감춰 둔 거겠지.
원 세	다람쥐는 뭘 먹고 겨울 나?
대 수	도토리가 있잖아. 잣은 양반 다람쥐나 먹는 별미였을 테고. (사이) 원세야, 넌 언제 그 짓 그만 둘 거냐?
원 세	그 짓? 뭔 짓?
대 수	등신등신 상등신, 조선놈 왜놈인 척 하는 짓거리!
원 세	무슨 말을 하고픈데?
대 수	삼화사상인지 뭔지 전도다니는 지랄 말이야.
단 장	(단장, 술에 찌들어 기지개를 펴며 등장한다.) 홍이야, 조간신문은 사왔느냐?
홍 이	거기 뒀어요.
대 수	또 날밤을 새운 거요?
홍 이	(단장 몸에서 나는 담배 냄새에 코를 막고 절레절레)
단 장	홍이야, 재떨이 좀 비워다오. 타바코도 두어 갑 사오고, 청

진동 들러 해장국이랑 모주 한 되 사 와.

대 수   뭔 변을 당하려고 인적 없는 새벽에 홍이를 내보내요. 옷이
          라도 조선옷으로 바꿔주든가!

단 장   (신문을 읽으며) 어머, 또 터졌네! 여기서 펑, 저기서 펑! 세
          상이 아주 활극이다, 활극이야. 극장 바깥이 이리 소란하니
          누가 구경을 올까? 활극은 의열단에나 맡기고 원세야, 우린
          눈물, 콧물 짜내는 신파극이나 해볼까부다.

원 세   선양회 사람들이 그러는데, 제일가는 악인이 사회주의자
          조선인이래. 수상한 자 신고하면 상도 주고, 상금도 준대.

단 장   그 상금이면 백미 한 가마, 광복 한 필 경품으로 걸 수도 있
          을 텐데. 우리도 인천 외리 애관극장으로 진출할까? 활동
          사진 보러 오는 인파들이 대만원 대성황이라는 데 그 관객
          을 우리 연극으로 유인한다면? 김옥균이 손자가 김옥균의
          역할을 한다! 인천항에서 일본으로 달아난 그 밤 무슨 일이
          있었던가? 어때? 대중의 관심을 끌지 않겠어? 원세야, 그만
          돌아와라. 선양회 선전 일은 언제 끝난다니? 한뎃잠이 지겹
          지도 않으냐?

원 세   재밌기만 한 걸. 열차가 서면 뜨끈한 가락국수도 먹고, 방
          공방첩 교육 강연회장까지 도라꾸도 타고, 시가행진에 선
          전 삐라가 꽃잎처럼 휘날리는 데 내가 거기 서있는 거야.
          소학교 문턱도 못 밟아 본 내 말을 교모 쓴 학생들이 열심
          히 들어.

대 수	어리석은 놈…… .

(단장, 수건을 목에 두르고 세면장으로 향하려다가)

단 장	너, 잘 나간다고 나 잊으면 안 된다. 곧 한 판 벌일 날이 올 거다! 불당에 성당에 권번에 극장까지 있는 외리로 가볼거 나. 김옥균이 손자라면 흥행 보증수표지! 대수야, 너도 밖 으로만 돌지 말고 나랑 신극 하는 거야. 난세에 목숨 보전 하려면 마음을 감추고 살아야 해.
대 수	천진에서 들어온 중국인 가무극단이 조선인의 반감을 사서 된통 깨졌다는데 단장이나 몸조심해. 괜히 홍이를 앞세워 이목 끌지 말고.
단 장	최승희, 배구자 무용이면 다냐? 홍이가 어때서? 춤과 노래 를 연습해 무대에 서면 히트다, 대 히트. 홍이 요즘 부쩍 예 뻐졌지? 홍이 보겠다고 기웃대는 구경꾼들 있다!
대 수	그만 좀 해둬.
단 장	이번엔 끝이 보인다. (원고뭉치를 흔들며) 곧 턴다, 절정 부 분을 쓰고 있거든. 하지메 선생이 뒷돈을 댄다고 했겠다. 원세를 주연으로 세우고, 막간에 홍이가 꾸냥 춤 좀 추고, 국책 교육 강연장 뒤를 따라다니는 거야. 순회공연에 맞춤 한 세트를 세우고, 도라꾸도 한 대 빌려야지. 드디어 우린 신극을 하는 거야, 은하계 간판을 걸고!

원 세	나, 정말 주인공이 되는 거지?
단 장	당연하지, 김옥균이 손자가 김옥균이 역을 한다! 캬! 대서특필 문화면 일등 기삿감이지.
대 수	저놈은 이미 왜놈의 종놈이 되어버린 걸! 선양회에서 원세를 안 놔주려 할 걸?
원 세	뭔 소리야? 난 내가 주인이야! 내 맘대로야, 난 내 맘대로 살 거야.
단 장	농한기가 되면 관객이 들 거야. 숭모단 사업이야 찾아가는 거지만 신극은 찾아오게 만들지! 원세야, 우리 진짜 연극을 하는 거야! 넌 대스타가 될 거다!
홍 이	(흰 털가죽을 내민다.)
원 세	토끼털이네!
홍 이	(대수가 줬음을 알린다. 원세의 귀에 대는 시늉)
대 수	야, 그거 너 목도리 하라고 준 거야.
홍 이	(지난겨울에 동상 때문에 고생……)
원 세	응! 나 아직도 귀가 빨개. 오른쪽 귀퉁이는 찌그러졌어.

(홍이는 토끼 가죽을 원세의 귀에 갖다 붙인다.)

원 세	따뜻해!
	(넷은 난로를 중심으로 모여 앉는다. 단장은 술기운을 털어내려 안간힘을 쓰고, 홍이는 상을 치운다. 대수, 난로 가에 버선과 수건 등을 늘어놓는다. 단장, 문득 버선을 집어다

손에 끼우고는 그림자극을 연출한다. 대수가 합세한다. 버선이 등장하면 버선을 물기 위해 개 모양의 그림자가 등장한다. 개가 짖는다, "멍, 멍!" 짖다가 "왕! 왕!" 일본식 의성어로 바꾼다. 버선이 달아난다. 찍히는 버선 발자국… 버선은 구두 발자국으로 바뀐다.)

원 세   하얀− 눈− 위에− 구두 발자국− 바둑이와 같이 간− 구두 발자국− 누가 누가 새벽길− 떠나갔나− 외로운− 산길에− 구두 발자국

단 장   바둑이 발자국 소복 소복− 도련님 따라서 새벽길 갔나−길손 드문 산길에 구두 발자국− 겨−울 해 다가도록 혼자 남았네.

원 세   …눈 오네. (혼잣말처럼) 울 아버지, 살아 있을라나…

단 장   아버지가 독립군이었냐? 처음 듣는 소린데?

원 세   울 아버지 마작에 빠져서 엄마 머리칼까지 끊어 팔고, 맨발로 달아났지. 여관방에서 일곱 살 나를 사당패에 넘기고 밤도망을 했어. …그 날 눈이 하얗게 내렸어.

홍 이   (중국어를 섞어서 빠르게 뭐라 한다.)

단 장   그래 그래 안다 알어. 홍이 아배는 아편에 빠져 어린 걸 호호 늙은 남자한테 넘기고 줄행랑을 놓았지… 조선애비랑 중국애비랑 아주 쌍으로 잘 하는 집구석들이다.

대 수   눈이 많이 쌓이겠네.

홍 이   눈 싫어. 눈 싫어.

단 장   (가엽다는 듯 혀를 차며) 눈길이 제일 무섭겠지, 전족 때문
           에 걸음이 온전치 못하니까.

원 세   홍이야, 기다려봐! 내가 돈 많이 벌면 남국으로 데려다 줄
           게. 남국 가서 김우진이 윤심덕이처럼 악기점을 차리자! 비
           오롱도 팔고, 아코디온도 팔고, 오르간도 팔고.

단 장   나도 간다, 윤심덕이 만나러!

           (그는 '사의 찬미'를 흥얼거린다. 모두 합세한다. 때 아닌 왈
           츠 파티…… 셋은 노래를 반복한다. 노래, 빨라진다. 발놀림
           이 탭댄스가 되었다가 러시아 민속춤의 분위기를 띠기도 한
           다. 모두 숨을 몰아쉰다. 그들은 난로 가에 모여 앉는다.)

단 장   나는 커서 어른이 되면 독립군이 되어야지 했다. (변사 조
           로) 육혈포 가슴에 품고 민족의 반역자를 처단하고서 만주
           로 떠나야 하는 이 아침! 마지막일지도 모르는, 몰래 돌아와
           코 자는 아기를 보고 가는 눈이 슬픈 사나이! 나는 그런 아
           비가 되고 싶었다. 다 부질없는 짓거리지. 일본놈 세상이야.
           나라를 되찾을 일 있겠냐? (사이) 내가 억울하고 부당할 때
           조선의 권력자가 나를 지켜주었더냐? 어차피 숨죽여 살아
           야 한다면, 나라꼴이 어떻든 뭐가 상관이야?

대 수   원세도 지겨운데 염세까지…….

원 세	…난 대륙으로 갈 거야.
단 장	신극이 잘 되면 상해, 만주 순회공연을 가자! 그럼 되지.
대 수	왜? 김옥균이 피를 쏟고 죽은 상해 여관 골목 보려고? 네가 정말 김옥균이 손자라고 믿는 거냐?
단 장	그럴 리가 있나?
대 수	(사이) 원세야, 너 뭐가 될래?
원 세	(침묵, 사이) 몰라, 나는 아비를 바꿔서라도 내 팔자를 바꿀 거야.
단 장	원세야, 네 팔자가 조선의 팔자가 되는 시대는 불행하지. 내가 독립군은 못되었지만 저런 놈의 뒤통수는 칠 수 있지, 에라잇!
원 세	(화를 벌컥 내며) 독립군? 그깟 거, 뭐? 이제 와서 세상을 바꿀 수 있어?
대 수	육혈포 한 자루 쥐면 바꿀지도 모르지. 적어도 매국한 놈들…….
단 장	그럼! 떵떵거리며 살았으니 탕탕가야지. 육혈포보다 폭약이 세지 않겠어? 의열단 폭약 한 방에 속이 시원하지 않더냐. 총독부 담벼락, 경찰서 쇠문 철창이 무너지고 다 녹아 내리지 않아? 이 기사 좀 봐라, 칠면도적이 또 한 건 했네. 나도 이 재주 배워 친일 모리배 집 곳간이나 털까? (얼굴을 바꾸는 시늉을 해 보인다.)
원 세	칠면 도적이 부리는 재주, 어디 가면 배울 수 있어?

단 장	변검하는 재주? 중국인 거리에 가면 되려나? 됐다 그래, 운기변검술 따위! 원세야, 설치지 마. 우리 상것들은 살아남는 게 중요해. 지금은 조선인이 일본인으로 살아야 하는 세상, 변검 재주가 뭐 대수냐? 높으신 나리들 봐라. 잘 처먹고 잘 살기 위해서라면 얼굴을 획획 바꾸지 않더냐. 나라 팔아먹은 나리들한텐 변검이야말로 타고난 재주지. 조선인이었다가 왜놈 행세 했다가, 수시로 거죽을 바꿔 쓰면서 살지!
원 세	그 재주, 왜 안 배우는데?
단 장	…근지럽고, 따겁지 않겠냐?
대 수	원세야, 잊지 마라. 누군가는 찬 새벽에도 길을 나선다. 눈길을 밟으며 아주 먼 길을 간다. 끝이 어딘 줄은 모른다…… (낮게) 하얀— 눈— 위에— 구두 발자국— 바둑이와 같이 간— 구두 발자국— 누가 누가 새벽길— 떠나갔나—
단 장	(노래) 바둑이 발자국 소복소복 도련님 따라서 새벽길 갔나. 길손 드문 산길에 구두 발자국…….

(암전된다.)

2. 천막극장 : 연극 연습

(하지메, 대본을 넘겨보고 있다.)

하지메	"나 김옥균은 새로운 세상에 대한 확실한 목표가 있소. 우리가 손잡을 곳은 대륙 세력이요? 해양 세력이요? 조선은 결정을 해야만 하오. 이것은 반도의 운명! (대본을 넘긴다) …김옥균이 죽어 구천을 떠돈다, 구천에서 정적을 만나 온갖 수모를 당한다, 전봉준이 묻는다. 조선엔 희망이 있는가? 김옥균이 답한다. 갑신년 변란이 실패하지 않았더라면 한일병합이라는 수모는 겪지 않았다! 흥, 한일병합을 수모라고 적었겠다? 조선이 받은 은총이지! 단장, 가만 보니 속이 불령선인이구먼!
단 장	아닙니다! 선생의 조언을 담으려 애썼는걸요. 사흘 걸려 새로 쓴 장면입니다. 한번 해 보일까요?

(한쪽 벽면의 커튼을 젖히자 장대에 매달린 여러 종류의 등신대 인형들이 모습을 드러낸다. 솜으로 몸통을 이어 붙이긴 했지만 솜뭉치가 비어져 나오고 대충 이어붙인 팔다리는 조악하기만 하다. 효수당한 김옥균의 머리도 보인다.)

하지메	이런 걸 연극에 쓸 셈이야?
단 장	가부키라 생각하십시오. 극의 말미에 꼭 필요합죠.
하지메	(들은 척도 않고 대본을 넘긴다.) 내가 준 소재는 이게 아니야. 왜 내 말대로 하지를 않나? 다시 한 번 들려주지. 갑신년의 어느 밤이 지나고 우정총국 만찬회 다음 날 아침이 밝

아온다, 궁궐의 싸늘한 골방에 속수무책으로 앉아 있는 조선의 왕! 김옥균과 공모한 일본인들이 궁궐을 제압하고 민심은 급변해 시시각각 사면초가인데, 청병은 궁궐을 마구잡이로 공격한다, 여장한 궁인의 등에 업혀 허둥지둥 도망가는 고종! 급기야 일본 공사관이 청병에게 당하고 필사적으로 서울을 빠져나가 인천으로 향하는데! 일촉즉발 쫓기는 다케조에 공사 일행! 이거야말로 긴박한 가부키 한 편이지. 가부키 십팔 번 충신장 같은 신하들이 조선에는 없었지. 궁궐을 배회하는 귀신 서넛도 집어넣고, 조선의 선왕들 말이야, 깃이 뜯겨나간 곤룡포를 입히자구. 제 옷도 못 갖춰 입은 임금의 설움, 제 백성인들 구할 수 있으랴, 기둥 뒤에 가만 세우란 말이야, 그럼 이게 바로 셰익스피어씨의 역사극이 되는 거지!

단 장   곤룡포는 오카네가 많이 듭니다.

대 수   요즘 자주 뵙습니다. (좌판을 맸다.)

단 장   넌 어딜 그리 쏘다니냐? 잠시만요. 대수까지 있으니 장면을 하나 시연해보지요. 선생이 고친 장면이… 어디 보자, 칼이 필요하겠군. 목검을 가져오겠습니다. 참, 원세가 바둑판을 깎았어요. 연극에 쓸 겁니다. 흑줄만 튕기면 그럴듯할 겁니다. (뒤쪽으로 퇴장한다.)

대 수   신극은커녕 점점 귀신 놀음이 되어가고 있구먼. …내 귀신 타령 한 곡조 들어보시겠소?

하지메   어디 한번 해봐.

대 수   조선에는 도처에 귀신이 살지. 산에는 산신, 냇물에는 용
         신, 고갯마루엔 서낭신, 골목길엔 깍귀 걸신, 대문간에는 문
         신, 대청마루엔 성주신, 안방에는 삼신, 부엌 아궁이엔 조왕
         신, 뒷간 통시에는 칙간신! 정월보름엔 제웅귀신, 피 묻은
         빗자루엔 도채비, 들밥 먹을 때는 고수레, 우물가엔 바가지
         귀신, 서낭목엔 서낭신, 애 잡아먹는 애귀신, 총각 죽은 몽
         달귀신, 처자 죽은 손각시, (잠깐 사이) 귀신들이 더 늘어났
         지. 우물에 빠져죽은 궁녀귀신, 불에 타죽은 내시귀신, 나
         라 찜 쪄 먹은 대감귀신, 다 내주는 조약 귀신, 왜색 양색이
         라면 환장을 하는 식자 귀신, 극장 귀퉁이엔 김옥균 귀신,
         (한 구석에 세워둔 연극용 죽도 하나를 집어 겨눈다.) 내 눈
         앞엔 골동귀신!

하지메   (재빠르게 진검을 빼든다. 대수의 무딘 칼날을 쳐낸다. 곧
         호탕하게) 껄껄껄 조선 귀신이 부리는 자존심인가? 염려 말
         게, 나, 수나가 하지메 귀신은 곧 조선 땅에서 사라질 터이
         니. 조선골동 양껏 보내두었지.

대 수   … 다 이룬 것이오?

하지메   진품 바둑판 가진 자가 나타나기를 기다렸네만 어림없어.
         다 사기꾼에 위조품이야. 아무래도 대륙으로 흘러간 모양
         이야. 가서 찾아봐야지.

(이 때 단장, 목검을 들고 나타난다. 뒤따른 원세의 손에는
바둑판이 들렸다.)

단 장　　벌써 시작한 거야? 진검은 위험합니다, 이걸 쓰시죠.

하지메　　(피식 웃고는 대본을 편다.) …이 장면에서 김옥균을 겨누
　　　　고 있는 네 개의 칼이 등장하는 거야. 고종이 밀서를 써서
　　　　보낸 자객 지운영, 조선의 공화제를 끝까지 반대한 역관 홍
　　　　종우, 아시아를 버리기로 한 일본 군부가 김옥균의 목숨을
　　　　노려 닌자를 붙여. 그리고 마지막 칼, 청나라 리훙장이 복
　　　　중에 품은 칼인 거지. 원세 군, 연습한 대로 김옥균을 해 보
　　　　게. (원세, 도포를 걸쳐 입는다.)

하지메　　자, 군은 한 가운데 서라. 네 있는 곳은 첩첩산중 칼산지옥
　　　　한 가운데다. (대본을 힐끗 보고) 군은 여기를 이기고 빠져
　　　　나오라.

단 장　　원세야, 거기서 눈을 부릅떠라. 그렇지. 내가 지운영의 칼
　　　　을 맡겠소. 홍종우한테는 육혈포가 제격, 여기선 생략하고.
　　　　선생은? 선생은 군부가 보낸 닌자를 해주시오. 대수야, 니
　　　　가 리훙장을 해라.

하지메　　아냐, 아냐 내가 연출을 하지. …누가 조선 호랑이한테 차꼬
　　　　를 물릴 것인가? (원세에게) 칼을 쥐어, 목숨을 노리는 이들
　　　　을 뚫고 나가야 해. 단장이 홍종우를 맡게. 자, 너의 손에 조
　　　　선의 운명이 달렸다. (단장에게) 홍종우의 대사를 해.

(칼을 팽팽히 겨누고 원세를 둘러싼다. 빙글빙글 도는 사내들, 이때 영진 흐트러진 모습으로 등장한다.)

하지메   오셨소? 광대놀음은 구경도 않겠다고 하더니?

영 진   (횡설수설) 어젯밤 꿈이 수상해서… 자다 깨다 선잠을 잤어요.

원 세   (반가이) 작은 아버지 오셨어요?

대 수   도쓰가빈 효과는 어떠셨소? 환불은 안 됩니다!

영 진   원세야, 별 일 없는 거지? 간밤에 아버님이 팔다리 없는 몸뚱이로 양복 가봉대 모양으로 나타나서 버버리처럼 입만 벙긋!

하지메   무슨 말이야?

영 진   원세야, 나 좀 보자.

(원세, 둘러싼 사내들을 뚫고 나온다)

영 진   우리 집에 이게 배달이 왔어.

원 세   그게 뭡니까?

영 진   살생부다, 예고장이야! 의열단에서 처단 대상 일 순위 민족 반역자를 적어 올린 명단이야. 거기 윗줄에 우리 집안이 올라 있다. (사이) 아무래도 네 출생이 화제가 되면서 표적이 된 것 같다. 기침소리가 일본말을 하든, 조선말을 하든? 목

	숨 보전하는 게 우선이지. 나는 잠시 공주로 내려가 있으련다. 장사 몇을 사서라도 집안을 지켜야지.
원 세	홍현 집은 어쩌고요, 다 비우고 가나요?
영 진	큰 첫대로 잠가 둘 거다. 종로서에는 단단히 당부해뒀다.
원 세	전 언제쯤에 대감 집에 들어가나요?
영 진	종친회에서 도무지 너를 받아 주질 않아. 버선목이라야 뒤집어 보이기라도 하지. 네가 우리 혈손이라는 걸 어찌 증거 할 거나. (사이) 원세야, 너는 이제 나하고는 인연이 다했다. 나도 네 덕 볼일 없고, 너도 내 덕 볼일 끝났다. 시절이 그러하니 어쩌겠느냐. 일단 목숨을 보전하는 게 먼저다. (사이, 기침을 심히 하는 시늉) 선생, 저는 폐병이 와서 정양 차 낙향해 이만……. (서둘러 빠져나간다.)
하지메	나는 곧 조선을 떠나네. 이 게 마지막 인사가 될지도 몰라.
영 진	평안한 시절이 오면 다시 연통을 헙지요. (퇴장한다)
하지메	원세군, 다시 이 칼을 쥐게. 홍종우, 시작해!
단 장	김옥균, 네 이놈! 감히 네가 조선의 녹을 먹으면서 왕권을 제한하려 들어? 입헌 군주제? 닥쳐라! 근본 없는 소리!
하지메	나는 일본 군부가 보낸 칼잡이다. 김옥균, 공은 걸림돌이야. 조선의 자주 독립 주장이 가당키나 한가? 자, 이번엔 고대수. 리홍장을 해봐. (대본의 한 대목을 짚어 보인다.)
대 수	반청 자주? 공은 헛꿈을 꾸었어. 조선이 우리 중국의 속국 아니었던 적이 있나? 중국으로부터 독립을 하겠다고? 어림

없는 소리지!

함 께	조선의 운명은 이제 너의 손을 떠났다!
원 세	조선의 운명은 조선인이 결정하오.
하지메	아니야, 조선의 운명은 일본이 결정한다!
함 께	너의 운명도 우리 손에 달렸다.
원 세	아니야, 내 운명은 내 손에 달려 있어.
함 께	김옥균, 너의 운명이 조선의 운명이 된 시대는 불행하다.
하지메	공의 운명은 일본과 함께 해야 행복하지!
원 세	아니야! 아니야! 아니야!
하지메	장차 그대의 운명은 조선의 운명이 된다. 조선의 운명은 일본이 이끌 것이야.

(하지메는 원세를 베는 시늉을 한다. 원세, 눈을 부릅뜬 채 쓰러진다. 홍이, 물을 길어 돌아오다가 이 모습을 본다. 홍이는 물통을 하지메에게 들이 붓는다.)

4막 첫눈

(홍이가 실내를 정리하고 있다. 사이, 천으로 머리를 싸맨 원세, 가방을 들고 들어선다.)

홍 이	왜 그랬어?
원 세	강연장에 폭탄이 터졌어. 간판이 떨어졌어.
홍 이	저런! 많이 다쳤어? 어디 좀 봐봐.
원 세	아야, 살살해! 대수 아재는?
홍 이	몰라. 안 보여.
원 세	대수 아재, 극장을 꽤 비우지 않았어? (사이) 아무렴 어때? (혼잣말로) 고소하긴 했지. 거들먹대던 선양회 놈들도 벌벌 기고…….
홍 이	이제 안 가도 돼?
원 세	강연 일정이 다 중단됐는데 뭐, 돈도 아직 못 받았어. 일단 집으로 돌아가 기다리래. 입석으로 왔더니 졸려, 석탄 냄새 때문에 목도 아프고.
홍 이	옷 갈아입고 쉬어.
원 세	…이거!

(꾸러미를 내민다. 홍이는 원세가 양복을 갈아입는 동안 꾸러미를 풀어본다.)

원 세	(소리만) 된장국이구나? 냄새 좋은데!
홍 이	배춧잎 몇 장 주워 끓였어. 곧 김장철이네. (풀어 보니 구두다.) 곱다… 내가 이걸 어떻게 신어.
원 세	윤심덕이 신었던 거랑 똑같아, 평양 가게 점원이 그랬어.

(이때 단장, 술에 취해서 들어선다.)

원 세   또 드셨어요?
단 장   왔냐?

(원세는 늘 하던 것처럼 단장 앞에 세숫대야를 놓아주고 더
운 물을 부어준다.)

단 장   신문에서 봤다. 선양회 회장, 홍콩으로 줄행랑을 쳤다더라.
              현양회니 흑룡회니 이제 다 깨 박살이다! 야쿠자 조직 때려
              잡는 조선인 테러리스트! 그런 걸 연극으로 만들면 대박일
              텐데. 그래, 네 놈은 도련님 꿈은 다 깼냐? 잠깐이라도 부귀
              영화를 누렸으니 되었지. …홍이야, 한 겨울 오기 전에 너
              따숩고 좋은 집으로 가지 않으련? 피맛골 육전 집 늙은이가
              등이 시리대. 네가 살림 살겠다고만 하면 아주 호강을 시켜
              주겠대.
원 세   미쳤어?
단 장   후원금을 내겠다잖아. (사이) 원세, 너 참 꼴좋다. 선양
              회 일거리는 떨어지고 가짜 할애비 재산도 공중으로 날아
              갔네? 끈 떨어진 뒤웅박이로구나. 빈 우물 바닥을 휘젓다
              가 박살이 났네? 이놈아, 무덤 속에 있는 김옥균은 왜 들춰
              서… 어설픈 광대 짓거리 하다 쪽박 차게 생겼구나. 이김에

사기꾼으로 나서봐라. 연기하는 거랑 사기꾼 짓거리는 한 끝 차이니까.

원 세   나 잘 했어! 지금껏 잘 해왔다니까! …처음 연설할 때는 토할 것만 같았어. 소주 한 고뿌를 들이키고서야 연단에 겨우 선 날도 있었지. 그럼 신기하게도 말이 술술 나와, 말 하다 보면 내가 진짜 김옥균의 손자가 된 것만 같아!

단 장   이 자식 천생 광대네.

원 세   가끔은 사람들 눈이 무섭긴 해. 나를 엄청 높이 보는 것도 같고, 나를 아주 내려 보는 것도 같고…….

단 장   그게 바로 광대 마음이야 임마! (사이) 원세야, 뿌롬쁘터부터 다시 시작하자. 무대 멀미를 이기고 나면 정식 배우로서는 거야. 번듯한 극장을 빌리자. 근사하게 전기 조명을 쓰는 거야. 광고문도 붙이자. 시대의 문제에 목마른 사람들은 오시오. 살판, 놀음판 광대의 시대는 이제 갔소. 신극 배우들의 시대가 옵니다! 신극단 은하계, 창단 작품명은 삼일천하! 김옥균의 손자로 밝혀진 김원세 군이 직접 김옥균 역을 맡습니다. 김원세군 출연 확정! 김옥균의 손자가 김옥균을 연기합니다! 대박을 터트리는 거야!

원 세   …내가 할 수 있을까? (사이) 종친회에서도 안 받아줬는데, 김옥균의 손자 행세를 해도 괜찮을까?

단 장   그러니까 연극이지. 옷 입어라, 연습이다. (김옥균 역을 할 때 입은 도포를 걸쳐준다.) 까짓것 밤낮으로 두 탕 뛰는 거야. 낮에는 김옥균 살아생전의 생각을 팔아먹고, 해지면 죽은 김옥균 굿청을 여는 거야. 너는 내선일체, 삼화사상 나팔수가 되어 대동양의 큰 이상을 두 팔에 꽉 품고서, 대화혼을 빛낼 인재 노릇을 하는 거야. 나는 천막치고 김옥균 귀신을 불러내 굿을 하는 거야. 조선팔도로 흩어진 김옥균의 수급을 찾아서 신원해주자. 북 치고 장고 치고 굿이나 보고 떡이나 먹고! (사이) 빌어먹을 술이다 술! 세상이 내게 자꾸만 술을 권하는구나. 재수 없는 놈, 원세 넌 내 손재수다. 네 놈 덕분에 헛꿈 꾸고 헛배만 빵빵히 불렀어. 네 놈 조선 아비는 돈을 좀 댈 듯 댈 듯하더니만 밤도망을 놓지를 않나, 일본 새 아비는 변죽만 올리고 지갑을 도통 안 열어. 젠장! 목로주점 흐린 불빛 아래 새 장면이나 써 볼 꺼나. 몰리에르란 양반이 말했겠다. 연극이란 말야, 편평한 바닥이랑 정열만 있으면 돼! 원세야 네가 나오는 장면 연습이나 부지런히 해둬라.

(단장, 나간다. 원세는 도포를 입는다. 바둑판에 눈길이 머문다. 바둑판을 손으로 쓸어본다. 대수는 천막 빈틈 사이로 원세를 지켜본다. 이 때 하지메가 등장한다.)

하지메   어허, 이별주 한 번 거하다! (원세를 보고) 왔느냐?
원 세   오셨습니까?

하지메	도포를 걸치니 제법 어른 같구나. 그래, 연극연습이나 하면서 당분간 쉬어라. 다시 세상으로 나가야 할 때가 올 것이다.
원 세	조선을 떠나신다고 들었습니다.
하지메	그래. 너무 좁아 반도는. 하고자 한 일은 다 한 셈이지. 소년과도 이제 작별이다!
원 세	이 바둑판을 선물로 드리고자 합니다. 물에 뜨는 귀물은 아닙니다만.
하지메	(사이) 앉아라. 돌을 가져와, 술 깨는 데는 바둑만한 게 없지. (머리를 털며 가부좌를 튼다.) 한 수 가르쳐주마. 흑돌을 잡아라.
원 세	(사이) 선생은 왜 그날의 바둑판을 구하려 그리 애쓰십니까?
하지메	상상해 봐! 장부 중의 장부들이 맞서 앉아있다. 위장도 가림막도 벗어던지고 맨 몸으로, 온천장 어느 곳에서 바둑판을 가운데 두고 앉아있다. 오직 수담만으로 서로의 흉중을 엿본다! 바둑돌 하나를 놓을 때마다 조선의 운명이 흔들린다. 그만한 상상력은 있겠지? 김옥균과 후쿠자와 유키치… 바둑판 위에 집을 만들 듯 김옥균은 일본인 정객의 마음에 아시아라는 큰 꿈을 불어넣으려 했다. 김옥균은 일본과 함께 꿈을 꿀 수 있는 호협한 정객이었지. 내 그를 기리는 이유다. (사이) 장차 나 하지메 수나가는 이름을 걸고 문고를 세울 것이다. 문고 가운데 김옥균과 후쿠자와 선생이 대국하는 형상을 석고로 떠서 앉혀 놓을 계획이다. 그러니 우키

	기노반, 진품이 필요하지 않겠는가?
원 세	제가 돕겠습니다.
하지메	무엇을? 어떻게?
원 세	(당장 답하지 못한다)
하지메	난 곧 떠난다, 대륙으로. (신에게 배례하듯 박수를 세 번 친다. 사이) 조선 땅엔 더는 없어.

(대수, 이들이 하는 양을 천막 사이로 엿보고 있다.)

원 세	저를 데려가십시오.
하지메	너를? …선양회 사업도 멈췄는데 여비랑 밥값은 뭘로 하려고?
원 세	…팔만한 것이 있을지도 모르지요. 하나쯤은.
하지메	(헛웃음) 밀고할 정보라도 쥔 게냐? 상금을 챙길만한 건수야? 네까짓 게! (사이) 너는 김옥균을 어찌 생각해? 뼛속 깊이 일본인이 되려한 위인일까? 아니면 그저 일본을 이용하려 한 조선의 지략가일까?
원 세	…잘 모르겠습니다.
하지메	김옥균은 아무도 안 가본 길을 가려 했지. 개화당이 꿈꾼 것은 조선이 중국, 일본, 러시아로부터 독립하는 것! 열강이 호시탐탐 침탈해오는 시간, 조선을 고립 속에서 벗어나게 하려고 애썼지. 독립하고 고립을 벗는다. 두 가지 과제

를 어찌 해결할 수 있을까? 일본과 중국 사이 팽팽한 줄다리기 속에서 허공중에 매달린 유리공같은 조선의 운명을 어찌 깨트리지 않고 보전할 수 있을까? 아다리! 흐흐흐 이 대마 사활을 어찔 거야? 김옥균은 패배했어……(수마가 덮친다. 꾸벅 꾸벅 존다.)

원 세   저를 한 수 가르쳐주십시오.

하지메   (꿈결처럼 중얼거린다) 너는 누구냐, 넌 어떤 놈이야… 일본인이 되고자 하는가, 일본에 빌붙으려 하는가…….

원 세   (답하지 못한다.)

하지메   너는 김옥균을 따른 소년 와다가 되고 싶은 게로구나…….

원 세   잘 모시겠습니다.

(원세의 내면에서 들리는 노래소리) 하얀 눈 위에 구두 발자국, 바둑이가 따라간 구두 발자국, 누가 누가 새벽길을 걸어갔나……. 하지메, 문득 원세의 등에 김옥균의 유령처럼 그림자가 어른거리는 것을 본다. 대수의 기척일 수도 있다. 하지메는 술기운과 졸음 사이, 원세를 김옥균으로 착각한다.)

하지메   (벌떡 일어나며) 김옥균! 묘비 돌로 눌러놓지 않았어? 왜 돌아다녀? 공이 살아 있다면 일본이 진행하는 조선 침략 정책에는 걸림돌이 되었겠지. 공은 암살 직전에 러시아, 미국 같은 제3의 나라와 연합 구상을 했어. 끝내 조선의 자주독립을 주장했겠지. 반청 자주에서 일본을 이용해 아주 새로운

집을 짓자, 그게 공의 본심이었겠다. 에잇! 에잇!

(김옥균의 유령을 본 듯 칼을 휘두른다. 원세, 피한다. 사이, 바둑판을 뒤엎는다. 제정신으로 돌아온다.)

하지메   네겐 겨자씨만큼이라도 그의 기상과 성품이 있느냐? (사이) 짐을 싸라.

원 세   저를 데리고 가시는 겁니까?

하지메   김옥균의 혈손 김원세 군! 군은 바로 서라! (자신이 입고 온 망토를 벗어 걸쳐준다) 너는 이제 일한 민족 연합의 중개자에서 삼화의 진정한 중개자가 되는 거다! 나는 군이 동아시아 신질서 건설의 중대 사명의 천사가 되기를 희망한다! 너는 일본과 중국을 잇는 견실한 집합체가 되어 만계 대중의 모범이 되고, 부디 협화 증진의 도력이 되어다오.

원 세   예! 충심을 바치겠습니다.

에필로그

(추적추적 내리는 겨울비 소리. 원세는 짐을 싸고 있다.)

단 장   너 정말 선양회인지 숭모단인지 어릿광대가 될 셈이냐? 조리 돌리듯 이리저리 끌고 다니면서 생고생을 시킬 건데?
왜, 거짓말도 자꾸 하다보니 진짜가 된 것만 같아?

원 세　　선양회 일은 그만뒀어, 나 대륙으로 가요. 하지메 선생이
　　　　받아준댔어.

단 장　　하지메 선생? 니미럴, 조선 호랑이한테 누가 차꼬를 채우냐
　　　　고? 바로 수나가 하지메같은 놈이 채우는 거야. 이번엔 텅
　　　　빈 가죽 대가리가 된 중국에 올무를 씌우려는 거야. 이빨 빠
　　　　진 아가리에 차꼬를 물리러 가는 거야. (주머니에서 호랑이
　　　　연고를 꺼내 흔들며) 이거 봐라, 호랑이 뼈를 발라 고아서 이
　　　　연고를 만들어. 죽은 김옥균이를 불러내 제국주의의 만병
　　　　통치약으로 써온 거야!

원 세　　몰라, 나는 팔자를 바꿀 거야. 나는 아비를 바꿔서라도 운
　　　　명을 바꿀 거야.

단 장　　(물끄러미 본다.) 호로자식! …네 명이 조선의 명이 된다면
　　　　불행이 자명하다…… (사이) 홍이야, 얼른 인쇄소 좀 다녀
　　　　와야겠다. 광고 전단지 찍지 말라고 해! 신극은 무슨, 다 글
　　　　렀다! (밖을 내다보고는) 그새 비가 눈으로 바뀌었네?

(홍이, 주춤 주춤 나온다.)

단 장　　미끄런 길에 널 보내겠다니, 소용없지. 내가 가야지. (바삐
　　　　퇴장한다.)

원 세	홍이야, 짐 싸.
홍 이	……….
원 세	나하고 같이 가자. 너, 고향이 어디랬지? 데려다 줄 게.
홍 이	싫어. 안 가. 거기는 너무 추워. (사이) 가면 뭐해, 아버지는 나를 또 팔아버릴 거야.
원 세	때를 봐서 남쪽으로 데려다 줄게. 눈이 안 오는 곳으로.
홍 이	…잠깐만 기다려 줄래? 다녀올 데가 있어.
원 세	어디?
홍 이	(전표를 꺼내보인다.)
원 세	전당포?
홍 이	단장이 구두를 맡기고 돈을 썼어.
원 세	가지 마. 그깟 구두.
홍 이	금방 올게. (돈이 될만한 것들을 보따리에 싼다.)
원 세	길 미끄러우면 어쩌려고. 가지 마.
홍 이	얼른 다녀올게.

(어느 덧 진눈깨비 소리 세진다. 사이, 도롱이를 걸친 노인, 극장에 나타난다.)

노 인	네 이놈! 김옥균이 손자! 내 너의 죄를 묻는다. 니 조부 김옥균이의 삼화주의야말로 오늘날 매국노들에게 발 뻗고 잘 명분을 준 궤변의 시작 아닌가? 조선에겐 삼화가 아니야,

삼전이야! 중국에 독립하고, 일본을 의심하며, 러시아를 경계하라. 약육강식의 세상에서 조선이 살아남기 위해서는 싸움이 필요해! 인재로서 싸워라, 외교로 싸워라, 국부로 싸워라! 삼화 말고 삼전이야! 나는 싸운다. 너는 그만둬라, 왜놈의 허잽이 짓!

(총구를 겨눈다. 방아쇠를 당긴다. 그러나 총구에 빗물이 들어갔는지 발사되지 않는다. 총을 털어 빗물을 빼내는 시늉, 실패한다. 노인, 뒷걸음질 치다가 짚신이 벗겨져 미끄러진다. 바닥에 엎어지고 만다.)

원 세   (일으켜 부축하며) 노인장, 짚신이 다 젖었수. 궂은 날씨엔 게다를 신어요. 조선 신보다 게다가 나아요.

(노인, 끈 떨어진 짚신을 벗어놓고 맨발로 사라진다. 원세, 짚신을 아무렇게나 던져둔다. 사이, 바깥에서 들려오는 함성소리, 사이, 홍이는 산발을 하고 옷이 찢긴 채로 극장으로 도망 온다. 거리의 소요, 부서지고 깨지는 소리, 폭도들의 함성 소리. 그 와중에도 구두 한 짝은 꼭 쥐어 들었다. 홍이는 중국어, 조선어로 번갈아가며 "미안합니다. 미안합니다." 소리를 연발한다.)

소 리	되놈이다! 되년이다! 저기 삼등국민 간다. 삼등국민을 추방해라. 되놈이 우물에 독을 부었다, 매독균이다. 전염병균이다. 다 죽여라! (천막에 그림자들 어린다.)

원세는 홍이를 얼른 프롬프터 박스 안으로 숨긴다. 입구를 막아선다. 군중들의 발길질, 원세는 안간힘을 쓰면서 막는다. 극장 현판이 떨어진다. 천막 한쪽이 어그러진다. 소품으로 만들어 걸어둔 김옥균의 효수된 머리통이 바닥을 구른다. 긴 사이, 군중이 사라진 후 칠면도적이 등장한다. 원세의 뒤를 덮쳐 목을 꺾는다. 원세의 몸, 등신대 인형들 사이에 널부러진다. …다시 한 떼의 군중이 지난다. 칠면 도적은 황급히 사라진다. 긴 사이, 상자를 들어 올리고 숨어 있던 홍이 가만히 나온다.

홍 이	원세야, 원세야! 어디 있어? 원세야.

(원세를 찾아 밖으로 나선다. '하얀 눈 위에 구두 발자국, 바둑이와 같이 간 구두 발자국 누가 누가 새벽길 떠나갔나. 외로운 산길에 구두 발자국…….' 기억 속의 노랫소리만이 쓸쓸하게 울린다. 비는 세찬 눈발로 바뀐다.)

—막—

옛날 옛적 구렁덩덩

등장인물

구도령

세 딸   갑분이, 사뿐이, 이쁜이

아비

김뭉치   극 진행을 돕는 일종의 그림자 역

도창   까투리, 장쇠 등 1인 다역

1. 이야기보따리를 풀어라

도창 아기 사려, 아기 사려, 아기 보따리가 왔어요. (보따리를 풀
어 머리에 인 새장 속 병아리들을 보여준다) 앗 참, 아니지!
이야기 사려, 이야기 사려, 이야기보따리 사려! 초록 보따
리엔 초록 이야기, 빨간 보따리엔 빨간 이야기. 허물 보따
리엔 허물 벗는 이야기! 오늘 들려줄 이야기는 축축하고,
선뜻하니 차고, 흐물흐물 허물이 비단 되는 이야기! 쿵 딱,
이야기보따리를 풀어라!

(무대 중앙에서 큰 보자기 풀리면 이불자락에 휩싸여 엎치
락뒤치락 잠든 갑분이와 사뿐이 두 자매 모습 드러난다. 아
궁이 옆에서 곁잠자는 이쁜이는 꿈을 꾸는 모양이다.)

도창 옛날옛날 아주 먼 옛날에 한 여자가 아들을 낳았는데 글쎄
사람을 안 낳고 징그러운 구렁이를 낳은 거야. 그 징그러운
걸 방에서 키울 수도 없고 해서 부엌 구석에다 바구니를 씌
워놓고 키우는데, 이 구렁이가 똬리를 틀고 바구니 속에 가
만 앉아 있는 거야. 앞집 사는 세 딸이 이 집에 와서 보고는
큰딸은 으악 징그러워! 하면서 꼬챙이로 한 쪽 눈을 쿡 쑤
셔서 눈물 나게 했겠다! 둘째 딸도 구렁이를 보고서 으앗

징그러워! 하면서 꼬챙이로 다른 눈을 쑤셔서 눈물을 쏙 뺐지. 셋째 딸은 와서 보고, 구렁이 눈에서 눈물이 철철 나는 거를 보고는 꼬챙이를……

이쁜이   (손에 든 부지깽이를 화들짝 내던진다) 아냐, 난 안 그래! 꿈이네! (눈 비빈다) 아버지는 왜 이리 늦어? 아이구 솥에 물이 다 졸아붙는다! 산나물 데쳐야지.
(꿈 생각이 난 듯 바구니를 조심스럽게 살짝 건드려 뒤집는다. 아무것도 없자 안도한다. 가장 큰 것을 내보이며) 아부지, 내 선물은 여기요. (두 번째 큰 것을 내보이며) 둘째 언니 선물은 여기요. (가장 작은 것을 보이며) 큰 언니 선물은 요기요 헤헤!

아비   제발 한 해만 딱 한 해만 장사를 계속하게 해주시게. 손님 조금 늘었다고 자리 탐을 내면 쓰나? 내가 시집보내야 할 딸만 셋이야. (문 닫히는 소리) 아구구구, 어쩌나 꼼짝없이 다 뺏기게 생겼구나. (사이) 뉘 집 뒤주가 길에 나와 있네, 우리 집처럼 가난해서 보리쌀도 채우지 못하는가. 한 섬은 너끈히 들어가겠네! 비바람 맞아 부서지면 결국 땔감으로나 쓰이겠지, 네 신세가 불쌍하구나!
(힘겹게 뒤주를 등에 지고서 온 길을 되짚는다. 고갯마루에 서자 힘에 부쳐서 내려놓고 타령한다.)

아비	아이고 가려워라. 홀아비 3년이면 이가 서 말이라더니 어디서 벼룩니가 옮겨붙었나 가려워라. (이리 긁적 저리 긁적) 팍팍한 살림살이에 딸년들은 어찌 여의나. 첫째는 가뿐가뿐 살라고 갑분이라 지었더니 욕심만 치덕치덕, (큰딸 큰 바구니를 내민다) 먹성에다 입성에다 밥은 고봉으로 밝히고! 둘째는 사뿐사뿐 걸어라, 사뿐이라 지었더니 발이 영 땅에 붙지를 않아 허영만 그득! 손끝에 물 하나 안 묻히고 호강이 요강이라 타고 앉은 자리에서 동생만 부려먹어. (사뿐이, 선녀춤 추듯 한 바퀴 돈다) 막내 이쁜이는 이쁘기만 바랬더니 어째 이름을 못 따라가!
이쁜이	누가 내 이야기를 하나? (귀를 씻는다.)
아비	인물 순으로 치자면야 첫째가 금젓가락, 둘째가 은젓가락, 셋째는 놋젓가락 순이라!
이쁜이	아부지, 놋젓가락이래도 잘 닦아 봐요. 빛이 나지요.
아비	그래, 부자 부자 딸부자 마음만큼은 큰 부자! 에휴 그래도 아들 하나 있으면 좋으련만. 아니여. 아들 같은 사위 하나 얻으면 되지 암! 끙 (뒤주를 다시 진다.)

(길을 나아가려 하는데 갑자기 비바람 분다. 휘청휘청 도무지 앞으로도 뒤로도 나아가지를 못한다.)

아비	어쩌나? 해는 곧 질듯한데 비구름은 몰려오고, 뱃가죽은 등 가죽에 붙을 듯해. 에구구, 짚신마저 끊어지니 원. 뒤주 모서리에 등짝은 스치고 가시덤불에 발목은 채여 쓰라리구나. 엇! 저기 저 잣나무가 선 집은 뉘 댁이냐. 하늘을 뚫을 기세로구나. 딸 낳으면 오동나무 심고, 아들 낳으면 잣나무를 심으렷다, 나무 둥치 한번 튼실허다! 그 아들놈 다 컸겠구나. 저 집에 사윗감이나 하나 있으면 좋겠다. 하룻밤 쉬어가기를 청해 보자.

(이쁜이, 솥을 가신다. 뜨거운 물을 끼얹으려는데 어디서 "꺄아!" 새된 비명이 들린다.)

이쁜이	웬 꿩병아리야? 어미 품에서 떨어져 나왔냐? 마당에 널어둔 콩 꼬투리가 탐이 났어? 혼자 마실나왔어? (눈곱 떼 주고 부리 닦아 소중히 들어서 뒤뜰에 올려준다) 요건 하늘밥도둑 아녀? 별 따 묵다 늦었냐, 이 시각에 왜 나다녀. 멀리 가거라. 부엉이 눈 까치 눈에 띄지 않게. 잘 가라! 벌거지도 잠자러 가는 시각인데 울 아버지는 왜 안 오시나.
언니들과 함께	(이마에 손을 얹고) 꽃신 안고 오시려나, 댕기 사서 오시려나!
아비	주인장 계십니까. 아무도 없네? 하루 쉬어 가겠습니다. 흐유 쿵쿵 내가 꿈을 꾸나, 아니면 내가 꿈을 짓나? 사방에서

솔솔 괴기 굽는 냄새, 지글자글 전 뒤집는 소리 환장하겠네, 입에서 손이 나오네. 초면이고 체면이고 참말로 에라 모르겠다!

(술잔을 들이킨다. 술기운에 온통 검게 입은 '김뭉치'가 나타나 시중을 들어도 이상하다 느끼지를 않는다. 술병이 공중에서 술을 붓고 통닭이 날아다니는 격이다. 닭다리 아비 입으로 직행한다.)

아비   애고애고 내 배가 무등산 수박만해졌구나, 잘 먹었다. 밥값으로 무얼 내놓나? 땡전 한 푼 없어도 마음은 부자, 딸 부잣집 아비라오. 주인 양반 색시 한번 골라보시려오. 갑분이, 사뿐이, 이쁜이 딸이 셋이라오.

(아비는 식곤증이 와 스륵 넘어간다. 김뭉치 얼른 이불을 덮어주는데 그 이불 속 무언가가 꿈틀대며 돌아다닌다.)

도창   그 아비 꿈을 꾸는데 보들보들 야들야들 굼실굼실 살랑살랑 사르륵 기웃 기분 좋은 것이 고것이 모락모락 들썩들썩 갸우뚱 기웃 더듬더듬 달그락 덩실 사각사각 새근새근 아기 자듯 꿀잠을 오래 자고 일어나려는데! (부드러운 천 같은 것이 몸을 타고 사라진다. 아비는 기지개를 켠다. 먼 데서 닭이 꼬끼오 운다.)

아비	날이 밝았네? 떠날 채비를 해야지. 주인장, 하룻밤 잘 묵고 갑니다. 이 은혜를 뭘로 갚나?
소리	딸 하나 주~지.
아비	뭐? 무슨 소리 났지?
사방에서 소리	따아－ㄹ! 따아알! (깊은 곳에서 우러나오는 소리, 아비는 귀를 후빈다.)
아비	아이쿠! (허둥지둥) 하룻밤 잘 묵었소, 다음에 이 길 다시 지나면 내 은혜를 꼭 갚으리다. (신을 신는데 짚신이 말짱하다) 신을 다 고쳐놨네? (문득 섬돌에 놓인 꽃신이 눈에 띈다) 곱다! (슬쩍 품 안에 넣는다. 뒤주를 짊어지려 하는데) 어?

(무겁다. 뒤주를 열어 안을 들여다본다. 장 속에 든 무언가를 보았다. 아비는 기함하고 만다. 기절하는 아비, 사이. 김 뭉치는 아비의 얼굴에 물을 뿜는다. 아비 깨난다. 아비, 납작 조아린다.)

구도령	(소리만) 네 이놈, 은혜를 모르는 놈!
아비	자 잘못했습니다.
구도령	내가 그리 베풀었건만 은혜도 모르고! 너는 내 것을 훔치려 했지?

아비	딸꾹, 딸꾹, 누누구십니까?
구도령	나는 세상이 두려워하는 구렁덩덩 구 도령이다! 네 목숨은 이제 내 것이야. 내 너를 당장 잡아먹을 수도 있지만 지금은 도를 닦는 기간이라 다행인 줄 알아라! 너 이놈, 딸을 셋 두었다 했지? 좋다, 셋 중에는 아비 목숨을 소중히 하는 딸이 하나쯤은 있겠지. 내 혼자 살다 보니 심심해서 못 살겠다! 이 집에 사람 발길 끊긴 지 오래이니 사람 기척을 낼 딸 하나만 내게 다오.
아비	아구구 어쩌나! 딸꾹 딸꾹.
구도령	꽃신에 꼭 맞는 딸을 내게 보내라. 그 꽃신을 신으면 이리로 자동 데려다 줄 것이다. 만일 사흘 내로 오지 않으면 알지? 내 코는 영험해서 천리 냄새를 맡고, 내 눈은 신묘하여 만리를 본다. 딸을 보내지 않으면 그믐밤 뒷담을 타고 가 너희 식구 모두를 한입에 다 삼켜버릴 것이다. 알아듣겠느냐!
아비	아이고, 딸꾹딸꾹 살려만 줍쇼.

(김뭉치는 아비에게 등짐을 지워준다. 그리고 아비 엉덩이를 걷어찬다. 아비 놀라 꽁지가 빠져라 달아난다. 김뭉치와 구도령 크게 웃는다.)

김뭉치	이 뒤주, 도련님 허물 벗는 동안 숨기에 아주 맞춤하겠는걸요. 생쥐도 개미 떼도 얼씬 못하겠어요.

구도령	그렇지? (구렁이 담 넘듯 뒤주 속으로 쏙 들어간다) 한잠 자
	련다.
김뭉치	밤새 나돌아다니시느라 힘들었을 테니 눈 좀 붙이세요. 전
	아랫동네 가서 가죽 보이고 곡식으로 바꿔 오렵니다. 꽁꽁
	숨어 계셔요.
도창	망했다! 저 아비는 망했어! 어느 집 밥상이 이리 비쌀꼬, 어
	느 집 방값이 저리 높을꼬, 하룻밤 묵은 값이 딸 목숨값! 바
	가지 중에 대바가지를 썼구나! 집으로 돌아온 아비는 시름
	시름 어름어름 구름구름 큰 근심에 한숨만 포옥!

(세 딸들 아버지가 내팽개친 봇짐을 풀어 살핀다.)

아비	(너무 놀라 딸꾹질이 멈추지를 않는다) 딸꾹, 딸꾹!
이쁜이	아버지 뭘 자셨어요, 물 드셔요. 물!
갑분이	짠 육포를 맨입에 너무 많이 자셨구만! (짐 속에서 육포를
	꺼내 흔든다)
사뿐이	아부지, 내 댕기는 사 왔어?
갑분이	이리 내. 이 건 내 거야.
동시에	꽃신이다! 찌찌뽕! (한순간 같은 말을 하면 서로를 꼬집는
	놀이)
아비	딸꾹, 딸꾹!
	(이쁜이가 꽃신을 냉큼 신어본다. 헐렁하다, 실망한다. 언

니들 득달같이 달려들어 한 짝씩 빼앗는다.)

갑분이	내 거야.
사뿐이	내 거야!

(다투다 꽃신을 한 짝씩 나눠 신었다.)

이쁜이	이 보자기는 내가 가질래!
아비	딸꾹, 그까짓 것 뭐에 쓰게?
이쁜이	머리에 쓰면 두건, 배에 차면 전대, 등에 메면 봇짐! (꼭 잡아 멘다) 좀 더 크면 아주 먼 데까지 구경 가야지!
아비	딸꾹! 그 꽃신이 누구 발에 꼭 맞냐?
갑분이, 사뿐이	(동시에) 내 발! 찌찌뿡!
아버지	딸꾹! 누구냐? 갑분이 너냐? 사뿐이 너냐?

(서로 내가 딱 맞는다고 야단이다.)

갑분이	내가 신을래! 봐요, 꼭 맞아!
아버지	그래, 갑분아. 너다! 니가 아비 목숨을 구해야겠다. 딸꾹!
갑분이	무슨 말씀이래요?
아버지	(빠르게 돌린다) 아주 깊은 산속에 구렁덩덩 구도령! 사람인가 짐승인가, 괴물인가 야수인가 눈구럭은 화등잔 이글

이글 불타고, 말소리는 우렁우렁 귀청을 찢는 듯 혓바닥은 미끄덩 널름 어, 그놈 고약한 놈 어, 그놈 티꺼운 놈! 딸꾹딸꾹딸꾹!

갑분이　　그러니까 저보고 심심산골 산속으로 아버지 대신 가서 살라고요? (신을 벗어 팽개친다) 싫어요, 시집도 못 가보고 억울해요. 시집도 안 간 딸더러 구렁덩덩 구도령 감옥을 살라니요.

아비　　그래, 니 말이 옳다. 딸꾹 사뿐아, 꽃신이 네 발에 꼭 맞는구나.

사뿐이　　어디요, 꽉 째요. 내 신을 신 아니어요. 다섯 걸음도 못 가겠네.

아비　　사뿐아, 가야 한다. 딸꾹 그래야 이 아비가 산다. 아이고 무서워. 구렁덩덩 구도령 아가리를 니가 봤다면 이 애비 목숨을 불쌍히 여길 거다. 딸꾹딸꾹딸꾹! 그래, 니가 최고다. 큰언니는 개딸이다 개딸! 딸 중에서 니가 왕딸이여.

사뿐이　　아부지 무슨 말씀이서요. 접때 앵두 한 사발 따서 누구 입에 넣어줬소? 이쁜이한테만 몰래 줬지요? 서러워라, 딸 부잣집 둘째 딸은 다 망한 고깃집에서 내놓는 숫돌이요? 아무렇게나 막 굴려요?

아비　　(한숨) 딸꾹.

갑분이　　막내야, 니가 신어봐!

사뿐이　　그래, 신어봐라.

아비	딸꾹딸꾹 막내는 아니야, 헐렁헐렁 크잖느냐.
갑분이	발이야 금세 자라요. 신발 문수야 적은 게 문제지 큰 게 문제요? (끈으로 묶어준다.)
사뿐이	맨날 우리 것만 물려 신고 물려 입고, 불쌍한 것! 새 신 한번 신어봐라. (다른 쪽을 꽉 묶어준다.)

(꽃신에 두 발을 넣자마자 휘익, 천둥 치는 소리, 이쁜이 달리기 시작한다.)

아비	(나동그라지면서) 따딸꾹딸꾹!
도창	간다 간다 이쁜이 간다 휘릭 휘릭 쉬릭 쉬릭 밤이슬 밟고 동 트도록 산길을 달려간다. 계곡을 넘고 산비탈을 따라 부릉부릉 미끄러진다. 숲 깊은 곳에 들고 보니 여기서 으르렁 저기서 으르렁 풀밭으로 달아나는 저 토깽이, 산밭으로 뛰어가는 저기 저 노루 사슴. 목덜미가 물리고 숨통이 끊기는 짐승 세상, 산그늘마다 먹고 먹히는 아수라장! 구렁덩덩 구도령은 짐승이야 사람이야 사람 얼굴에 짐승 마음, 인면수심? 짐승 얼굴에 사람 마음, 수면인심? 그럼 여기 꽁지 빠지게 따라붙는 나는 누구일까? (새 볏 모양의 조바위를 쓴다든가 해서 변신한다) 나요, 까투리요. 까투리! 이쁜이가 내 새끼 구해줘서 은혜 갚으러 가요. 까툭까툭 딴 건 못해도 산 아랫동네 친정으로 소식만큼은 전해요 까툭, 까툭 까툭!

2. 깊은 산속 큰 집 누가 사나

이쁜이 (가쁜 숨을 고르며) 여보시오, 게 누구 없소. 주인장 없소.
울타리에 봉숭아를 심었네? 손톱을 물들여야지. 첫눈 올 때
까지는 예서 살아야겠지? (바닥에 떨어져있는 양말 같은 허
물, 바지 같은 허물을 줍는다) 뉘 허물일까 찐내 짠내 나는
구나. 내 허물은 내가 빨고 니 허물도 내가 빨고 내 허물은
비단 되고 니 허물은 걸레로 쓰고, 내 허물엔 향내 나고, 니
허물엔 쉰내 나고.

(자신의 버선을 벗어 허물이랑 한 데 넣어 주물주물 빨아
탁 탁 턴다. 마루에 나란히 널어놓는다.)

이쁜이 까투리야, 이 집 주인은 누구일까? 시렁 위에는 뭐가 있는지
좀 봐줄래? 책장에는 무슨 책이 꽂혔는지… (장독대로 가
장독을 들여다본다.) 장맛이 좋은데! 장맛 좋은 집은 인심
도 좋다는데, 곧 넘어갈 볕이래두……. (뚜껑을 열어둔다.)

(반닫이를 열어본다. 색동저고리, 비단 치마, 노리개, 상자
안에 꾸미개 등 예쁘고 고운 것들이 잔뜩 나온다. 이쁜이는
이것 저것을 입어보고 걸쳐본다.)

이쁜이	거울이 없네?

(다시 벗어 잘 개어 넣어둔다. 반닫이 위 개켜놓은 이불 냄
새를 맡는다. 홑청을 휘휘 틀어 빨래를 한다. 활달하게 발
로 밟는다. 살림을 하는 동안 김뭉치는 무엇을 도울까 이리
저리 마당을 뛰어다니고, 구도령은 뒤주에서 나와 모습을
감추고는 이쁜이를 지켜본다. 이쁜이에겐 둘의 모습이 보
이지 않는다.)

이쁜이	살림살이는 똑 이렇게 하렸다. 검은 천은 희게, 흰 천은 검
	게! 소금단지 소복소복 시렁 위는 차곡차곡, 길손이라도 자

고 가면 누룽지라도 갑북갑북! 다 했다! 이걸 어디다 널지?
큼큼, 이 냄새는 또 어디서 나누?

(이쁜이는 평상바닥에 빗자루를 넣어 쓸어본다. 뼈다귀가
나온다, 평상에 그늘 생긴다. 스륵스륵 기이한 소리 들린
다.)

이쁜이	에구머니나! 나와, 이 괴물아! 넌 무슨 짐승이냐, 너 어떻게
	생겨 먹은 괴물이야? 나와! (초조해져서) 짐승들은 나를 따

라. 옆집 송아지도 쌀뜨물 먹여 내가 키운 걸? 뒷집 염생이
새끼도 내 기척이 나면 쳐든 뿔도 내려. 야옹이도 나만 보

면 배를 뒤집고 뒹굴뒹굴! 물가에 가면 소금쟁이도 까딱 인사를 하고, 버들치도 내 손가락을 쪼면서 반갑다고 인사를 해. 괴물아, 니가 짐승이라면 나는 잡아먹지 말아다오! (고개를 조아리고 빈다.)

(음한 기운 사라진다. 마당에 다시 맑은 햇빛)

이쁜이   어떡해? 이게 다 뭐야. (이쁜이는 바닥에 뼈를 늘어놓고 뼈마디를 맞춘다) 너도 한때 달렸겠지. 너도 한때 뛰어놀았겠지. 누구 목숨 살리려고 네 목숨을 주었니? 어떤 목숨이 살겠다고 남의 목숨 잡아먹었니? 도개걸윷모! 다시 걸어봐, 도개걸윷모! 다시 뛰어봐! 신명나게 윷가락을 던지면 신이 돋고 명이 살고 새살 나고, 또 한 번 던지면 숨이 벌떡 눈빛 살아 멀리멀리 가거라!

(던진 뼈를 가지런히 늘어놓자 소도 되고 노루도 되고 토끼도 된다. 이쁜이 스르르 잠에 빠진다. 꿈을 꾼다. 뼈들이 움직인다. 춤을 춘다. 김뭉치가 동물 뼈로 마리오네트 인형 춤을 펼친다. 문득 이쁜이 위로 부드러운 천 같은 무엇이 스륵 지난다. 구도령의 옷, 긴 물소매여도 좋다.)

이쁜이   앗 차가워. 뭐지? 뭐가 지나간 것 같아…. 아, 된장찌개 냄새,

보글보글 끓고 있네. 누구야? 이 집에 우렁각시가 사나? (꼬르륵 소리, 밥상을 가져다 한술 뜬다) 각시야 각시야 우렁각시야 같이 먹자. 혼자 먹는 밥은 심심한 밥, 둘이 먹는 밥은 단 밥 약밥, 언니들이랑 나랑 셋이 먹는 밥은 내가 더 먹을래 쌈~밥, 아버지 없이 먹는 밥은… 진지는 드셨을라나?

(수저를 놓고 무릎을 안은 채 운다. 구도령이 엿본다. 김뭉치는 어쩔 줄 모른다. 이쁜이, 밥상을 치우고 마룻바닥을 닦는데 마루 한쪽 가만히 과일 접시가 놓인다. 이쁜이 김뭉치가 낸 기척을 알아차린다. 작은 독에서 밀가루 한 줌을 꺼내 쥐고는 살살 다가간다. 밀가루를 휙 뿌린다. 김뭉치 모습이 드러난다.)

김뭉치	아이쿠.
이쁜이	자넨 왜 가만가만 움직여?
김뭉치	아가씨를 돌봐드리라 했어요.
이쁜이	누가?
김뭉치	이 집 주인요. 저기 저 반닫이 속에 든 치마저고리, 노리개, 꾸미개 다 아가씨 거래요.
이쁜이	이 집 주인이 누군데?
김뭉치	구렁덩덩 구도령이라고 부르지요.
이쁜이	구렁덩덩 구도령? 그럼 자네는 뭐라 부르나?

김뭉치	저는 (사이) 김뭉치라고 해요.
이쁜이	김뭉치? 아, 김뭉치!
김뭉치	어려서부터 김만 좋아해서 삼시세끼 김만 뜯어먹었더니 얼굴도 손도 김처럼 새카맣게 되었어요.
이쁜이	난 이쁜이라고 해. (사이) 아버지한테 난 세상에서 제일 이쁜 아이거든!
김뭉치	아, 예에. 이쁜이 아가씨! 아가씨가 와서 전 정말 좋아요. 집안일을 혼자 했거든요. 심심했지요. 뭐든 시켜만 주세요. 이리 번쩍 저리 번쩍 김 톳 만큼이나 몸이 가볍다구요.
이쁜이	그래, 정말 그런 것 같구나. 이불 홑청을 널어야 해, 이거 잡아 줄래? (줄을 건넨다)
김뭉치	예! 아이쿠 제 쪽으로 물을 뿌리지 않게 조심하세요. 전 물에 무척 약해요!
이쁜이	그렇겠구나!

(이쁜이와 김뭉치는 빨랫줄 걸 곳을 찾는다. 마당 한쪽에 줄을 건다. 홑청을 넌다. 줄이 남는다. 김뭉치가 줄 한쪽을 고정하고, 다른 한쪽 끝을 잡고서 돌린다. 이쁜이에게 줄넘기를 제안한다. 이쁜이와 김뭉치는 번갈아서 신나게 줄을 넘는다. 구도령은 끼지 못하고 떨어져서 바라보다가 이쁜이가 등을 돌리면 슬쩍 끼어들어 자신도 줄을 넘는다.)

소리	꼬마야 꼬마야 뒤를 돌아라.
	돌아서 돌아서 땅을 짚어라.
	짚어서 짚어서 만세를 불러라.
	불러서 불러서 잘 가거라!

(김뭉치는 구도령의 모습이 드러날까 조바심친다. 구도령, 얼른 줄에서 나가 호청 안쪽으로 몸을 숨긴다. 이쁜이는 빨래를 마저 넌다. 흰 수건이 마지막으로 남는다. 이쁜이, 눈을 가리고 술래가 된다. 봉사놀이다. 김뭉치, 요리조리 피한다. 구도령 다시 끼어든다. 이쁜이는 뭔가 다른 기척에 잠시 멈춘다. 이쁜이, 작심한 듯 심호흡하고 구도령을 잡는다. 미끄덩 구도령 잡힌다. 그러나……)

이쁜이	아이 냄새! (코끝을 쥔다. 눈을 가린 수건을 푼다. 구도령은 민망해 얼른 몸을 피한다. 이쁜이 구도령의 꼬리를 본다. 이쁜이 손안의 어떤 감촉을 새삼 느낀다. 스륵 기절한다.)
김뭉치	아가씨! 아가씨! 정신 차리세요! 도련님도 참!

3. 잘만 살아다오

이쁜이네 집

아비   막내야, 막내야 아비 목숨 살리겠다고 괴물인지 들짐승인지 산짐승인지 모를 아가리 속으로 걸어 들어간 막내야! 살아있는 거냐? 살아있다면 소식을 다오! 아이고 답답해라. 그 놈하고 눈을 마주친 이래 소화도 안 되고 딸꾹질은 멎지를 않고! 께꾹!

도창   까툭 까툭! 소식 왔어요. 까툭! (엽서를 전한다.)

아비   합수머리 냇가에 가면 이쁜이가 보낸 바구니가 있다고? 건지기만 하면 된다고? 께꾹!

도창   까툭까툭! (힘차게 끄덕인다.)

아비   거울을 보내달라고? 아하, 집 생각이 날 때마다 아비 본 듯 여기려고 그러는구나. 거울 속에 아비 얼굴을 담아가면 딱 좋을 텐데. (면경을 들고서) 그렇지, 짠! 담겼다! 샥? 사라졌다! (여러 번 반복한다.) 거울아, 제발 내 모습을 담아다오. 이쁜이에게 전하게. 에휴, 우리 이쁜이 산중에서 어찌 홀로 지내나? 구렁덩덩 구도령이랑 어찌 살아가? 께꾹!

구도령네 (밤)

(어둠 속에서 구도령 등목한다. 김뭉치, 자신에게 물이 튈까 봐 전전긍긍하면서 물을 부어준다.)

구도령	어, 추워! 어, 추워!
김뭉치	물 튀어요! 생전 씻을 줄 모르는 양반이 뭔일이래?
구도령	허 그놈 참 말이 많다. 간장독에 푹 담아 김자반을 만들어 버릴라! 수건! (사이) 어때? 괜찮으냐? (킁킁 제 몸의 냄새를 맡는다) 들기름병 좀 다오. (향수처럼 몸 구석구석에 바른다.)

이쁜이네 집

(엄마 제삿날이다. 병풍 치고 제사상을 차려놓았다. 아비는 한쪽에 앉아 한숨을 오르락 내리락 쉬고 있고 두 딸은 빠르게 절을 한다. 제수 먹을 생각에 들떠 있다. 빈 바구니가 겹겹이 놓여있다. 이쁜이가 보낸 것들로 한 상 차렸다.)

갑분이	산토끼, 노루, 꿩, 고라니, 메추리, 멧돼지! 꿀꺽, 이쁜이 고것은 날마다 고기를 실컷 먹겠지?
사뿐이	내가 갈 걸! 고것이 아주 복주머니가 터졌어!
갑분이	울 엄마 호강이네, 젯상 다리가 휘청! 아부지, 좀 드셔요.
아비	오냐 오냐, (마지못해 입에 넣다가) 돼지 수육이 잘 삶아졌다! 귀한 송이까지! (허겁지겁 맛있게 먹으며 한쪽으로는 서글퍼) 이쁜아 네 어린 목숨을 산중에 밀어 넣고 목숨 값으로 야금야금 받아먹는 내가 바로 금수로구나. (또 바꿔

어) 참 맛나다!

구도령네

이쁜이   (면경을 보면서 단장한다. 만족한다. 면경을 밀어놓고 김뭉
치에게 봉숭아꽃물을 들여준다. 작은 절구를 콩콩 빻으면서)
구야구야 가마구야 앞뒷산의 갈가마구
제비는 째끔해도 강남 가고, 참새는 쪼만해도 새끼 치고
내 마음은 손톱만 해도 보고픈 마음이야 한가득이구나
아버지 생각 언니들 생각 (한숨)
서리 오네 서리 오네 울어머니 무덤가에
꽃이 지네 꽃이 지네 설운 꽃이 후득 지네.

김뭉치   첫눈 올 때까지 안 지워질까요?

이쁜이   그럼! (한숨) 첫눈 내리면 집에 갈 수 있을까?

김뭉치   구렁덩덩 구도령 마음!

이쁜이   …나를 언제쯤 잡아먹을까?

김뭉치   에이, 도련님은 아가씨 안 잡아먹어요.

이쁜이   그럼 왜 나를 안 보내줘?

김뭉치   아가씨가 가서 안 돌아올까 봐 그러죠. (사이) 다시 혼자되
는 게 싫으니까.

이쁜이   집에 한 번 다녀왔으면! 이렇게 곱게 차려입고 친구들한테

도 자랑하고! 갑사 저고리에 호박단 치마 갖춰 입으면 뭐해? (저고리 앞섶에서 끼워둔 편지를 꺼낸다.) 갑분 언니가 곧 시집을 간데! 연지곤지 찍고 노랑저고리에 다홍치마, 얼마나 고울까? 김뭉치야 구도령에게 네가 말 좀 해줘, 나를 좀 보내주라고. 응?

김뭉치   어쩌지 못해요, 구렁덩덩 구도령 마음!

이쁜이   흥! 굼벵이, 사마귀, 바퀴벌레, 돈벌레, 공벌레, 멍게, 성게, 말미잘, 독해파리, 구더기! 너도 한가지야! 너도 미워! 김뭉치 따위 다 눅어져라. 쭉 찢어져라!

김뭉치   (슬금 일어난다) 겨울나려면 땔감이나 더 주워와야겠어요.

(김뭉치, 사라진다)

(이쁜이는 주변을 살피고, 급히 비단옷이랑 노리개 등을 보자기에 싼다. 그리고 살금살금 눈에 보이지 않는 결계를 넘어가려 한다. 순간 둥근 회오리 같은 것이 마당 외곽선을 따라 꿈틀 돌아친다. 이쁜이 여러 번 튕겨져 제자리로 돌아온다. 절망한다)

이쁜이네 집

(김뭉치는 이쁜이네 집 앞에 산돼지 한 마리를 부려둔다.)

도창	까툭까툭 택배 왔어요!
사뿐이	이게 다 무어야. 산중귀물을 보내왔네! 구워먹고, 삶아먹고, 고아먹고! 아이고 좋아라!
갑분이	너 거기 서! (땀을 닦고, 감발을 고쳐 매고 떠나려는 김뭉치의 등짝을 잡아챈다) 너 구렁덩덩 구도령네 머슴 맞지?
김뭉치	예, 아씨.
갑분이	이쁜이는 아느냐? 나 갑분이가 시집간다고. 지난번 편지는 받았겠지?
김뭉치	예, 잘 아셔요.
사뿐이	언니, 시집가?
갑분이	(입을 틀어막는다) 혼인은 가까워오는데 알다시피 하루 벌어 하루 사는 살림, 아무 것도 없다 전해라. 이쁜이 저는 호의호식하면서 보내는 것 하고는. 이깟 산도야지, 흥!
사뿐이	(눈치를 채고는 발로 차며) 이깟 도야지 괴기 이젠 질렸어, 흥! 언니 이쁜이한테 무슨 귀물을 보내라 그럴까?
갑분이	송이버섯도 말고, 아버지 장수하시게 산삼 뿌리랑 웅담 같은 것 좀 보내라고 전해라! (종이에 무언가 휘갈겨 적는다) 그리고 이것도 꼭 전해. 저 놈의 까투리를 믿을 수 있나? 날다가 흘리면 그만.
김뭉치	(종이 글을 읽는다) 이 언니가 타고난 복 있어 좋은 집안과 앙혼을 하게 되었으니 막내야, 예단을 갖추어야겠다. 시어

머니께는 몽실몽실 담비랑 여우털 목도리! 시아버지 앞섶에는 은단추 호박단추 비단 마고자! 시누이는 옥토끼 가죽을 덧댄 털조끼 한 벌, 도련님께는 비단벌레 두루 엮은 허리띠가 어떠냐! 너는 산중에 귀한 것은 다 싸서…….

함께   바리 바리 보내거라! (찌찌뿅)

(이때 장쇠, 아버지의 멱살을 잡고서 들이닥친다. 옆구리엔 기름솥을 끼고 있다. 아버지, 내팽개쳐친다.)

장쇠   이 집 봐라? 빌려 간 돈은 안 갚고 아주 호강이로구나!

아비   기름 솥은 안되오! 내 솥! 한 푼이라도 벌어야 빚을 갚을 게 아니오.

장쇠   (산돼지만 둘러매고 퇴장)

갑분이   장에는 또 왜 나가셨어요.

아비   한 푼이라도 벌어야지! 빚 갚고, 이쁜이 구해오고, 너희 시집 갈 때 꽃가마에 넣어줄 요강단지는 장만해야 할 게 아니냐.

사뿐이   아버지도 참, 그깟 애들 군것질 거리 팔아서 몇 푼 벌겠다고. 방 안에 들어가 가만 누워 계세요. 경끼에 쳇증에 딸꾹질까지, 약값만 더 들어요. 우리 팔자는 우리가 알아서 해요.

(아비를 안으로 모신다.)

갑분이	사뿐아, 가자.
사뿐이	어디?
동시에	이쁜이네! (찌찌뽕)
사뿐이	어떻게 가지?
갑분이	까투리야 까투리야 길을 내어라. 길을 안내주면 네 새끼들 꿩탕을 맨들어버릴라.
사뿐이	까투리야 까투리야 길을 내어라. 길을 안내주면 네 새끼들 꿩만두 속에 넣을라.
갑분이	이쁜이 고것한테 노루 가죽 원삼에 해골 족두리래두 받아올 거야.
사뿐이	그래, 저 혼자 호의호식하는 게 말이 된다고 생각해?
동시에	안되지! (찌찌뽕)

4. 내 눈으로 봐야겠어

(마당엔 요와 이불이 널렸다. 거풍중이다. 한쪽에 앉아 빨래를 개고 있는 이쁜이, 구도령이 주위를 어정거린다. 부채로 얼굴을 가렸다. 이쁜이, 구도령의 허물을 잘 개어놓는다.)

이쁜이	가져가요. 아무 데나 벗어놓지 말고.

(김뭉치, 들어선다. 지게를 내린다.)

김뭉치   도련님, 심부름 다녀왔어요.

구도령   (속삭임으로) 잘 전했느냐?

김뭉치   예! 터진 독에 물 붓는 것만 같아요. 등골이 휘겠어요.

이쁜이   이리 좀 봐. 뒷 품이 다 터졌네? 어딜 쏘다닌 거야?

김뭉치   나무하다 그랬나?

이쁜이   벗어, 꿰매 줄게. (반짇고리를 살피며) 어디 보자, 이런! 검은 천이 다 떨어졌네? 미역으로 이어줄까, 다시마를 대어줄까? (웃는다.)

김뭉치   잘 이어만 주세요.

이쁜이   (시렁 쪽을 살핀다.) 어쩌나, 김도 다 떨어졌네!

김뭉치   장날이 다가오긴 하는데. …(작은 소리로) 곡식이랑 김이랑 바꿀 가죽 한 장이 없어요.

구도령   어째서?

김뭉치   이쁜이 아가씨네 다 보냈잖아요.

구도령   사냥을 해야겠구나.

김뭉치   허물 벗느라 힘든 철인데… 놓아둔 올무라도 보러 가볼게요.

구도령   올무로는 어림없다, 곧 첫서리 내릴 텐데… 아무래도 산에 들어야지. 겨울잠이라도 들기 전에 곰사냥을 해야겠다. 화살촉은 충분하려나? (뒤 안으로 사라진다.)

(이때 소나기 투덕투덕 내리기 시작한다.)

김뭉치   아이고 다 저녁에 무슨 비가 와! 난 젖으면 안 되는데, 우장
            은 어디 뒀더라? 아가씨, 우장 못 봤어요?

이쁜이   광에 있으려나…….

(김뭉치, 사라진다.)

이쁜이   앗 참, 이불 걷어야지!

(널어놓은 요와 이불을 걷으러 마당으로 내려선다. 펄쩍 뛰
어보지만 줄이 손에 닿지를 않는다. 구도령이 다가와 장대
를 내려준다. 이불 무게에 휘청 한다. 구도령, 도와주려고
다가온다. 이쁜이는 주춤한다. 이불 아래 구도령의 발등을
본 것이다. 저도 모르게 뒷걸음친다. 이불 위로 구도령의
손등이 보인다. 이쁜이는 입을 막으며 뒷걸음질 친다. 빗줄
기 거세진다. 이쁜이 하는 수 없이 서둘러 요와 이불을 걷
는다. 이쁜이와 구도령 힘을 합친다. 이쁜이는 요와 이불을
차곡차곡 개고, 구도령은 마루 끝에 앉아 화살통의 화살들
을 정비하고 있다. 김뭉치, 우장을 걸치고 등장한다.)

이쁜이   (속삭이듯) 구도령은 본래 저렇게 징그럽게 생겼어?

김뭉치	어디요. (사이) 손이 귀한 집 삼대독자 외아들로 태어나 제 멋대로 컸죠. 아무 데서나 훌훌 벗고, 서당도 빼먹고, 들로 산으로만 쏘다녔죠.
구도령	(회상) 내 마음을 몰라주나 화가 났지. 구석구석 잘 씻어라, 쓴 물건은 제자리에 놔라, 방꼴이 뭐냐 쓰레기통 아니냐 부모 잔소리엔 능구렁이처럼 빠져나갔지. 착해라, 반듯해라, 훈장님 뜬 소리는 한입거리로 삼켰지.
김뭉치	점점 눈초리는 사나워지고, 마음에 들지 않으면 으렁 으렁!
구도령	약한 친구는 목을 졸라 괴롭혔지. 세상을 삼킬 듯이 자신만만 했지.
김뭉치	어느 날 도련님이 한식 앞두고 마지못해 할아버지 무덤가에 풀을 베러 갔지요. 하필이면 알을 품고 앉은 암구렁이를 만났지요. 알을 주워다 삶아서 먹고, 구렁이는 잡아다가 독 안에 가뒀지요. 다음 날 다른 구렁이 한 마리가 나타나 집 마당에 술렁술렁 편지글을 썼지요.
	(리본으로 구불구불 기어 다니는 뱀모양을 시늉하며 이하 구렁이의 소리로 말한다) 살려주오 살려주오 내 아내를 살려주오, 살려만 주면 그 은혜를 잊지 않겠소.
구도령	징그럽다 어림없다, 땅을 기는 미물 주제에 은혜 갚는 약조라니!
	코웃음이 절로 난다, 숯불을 대령해라. 저 구렁이 토막을

탕탕 내어 숯불에 구워 먹으리라.
독 안에 든 구렁이는 술을 부어 몸보신을 하리라.

목소리   (울림) …인간이여 네 허물을 모르는 인간, 너 불쌍한 짐승
이여
사람 허물 뒤집어쓰고 사는 야수 같은 마음이여
네 허물을 몇 번 벗어야 사람다운 마음 나타날까
네 허물을 몇 겹 찢어야 야수같은 마음 돌아설까

김뭉치   구렁이를 때려죽인 그 날 이후 역병이 돌아 아버지 어머니
다 돌아가시고, 마을 사람들 다 죽고, 아무도 살지 않는 흉
가들만 남아 마당엔 풀만 수북, 쥐랑 뱀들만 살게 되었지
요. 도련님은 사흘 밤낮을 우렁우렁 울다가 저렇게 구렁이
가 되었어요.

(구도령, 뒤주 속으로 들어간다.)

이쁜이   오늘은 어째 일찍 잠드네?
김뭉치   사냥을 나가려면 잠을 푹 자둬야 하거든요. (사이) 어젯밤
엔 흉측한 꿈을 꿨어요. 생쥐가 쇳대 구멍으로 들어가서 도
련님을 꼬리부터 살강살강 갉아먹지 뭐에요! 허물 벗는 그
믐이 되면 비린내에 꼬이는지 생쥐 떼가 귀신같이 찾아와

	요. 곧 그믐이 되는데 걱정이네요. (사이) 전 올무 좀 보고 올게요. 뭐가 걸렸을라나?
이쁜이	오는 길에 밤송이를 자루 가득 주워 와줄래?
김뭉치	뭐하게요?
이쁜이	천장이랑 뒤주 근처에 깔아두려고! 생쥐 한 마리 얼씬도 못 하게!
김뭉치	좋은 생각이에요!
김뭉치	(가려다 뒤돌아서며) 아가씨, 한 가지만 약속해주세요. 도 련님이 허물을 벗는 동안은 뒤주 속을 절대 들여다봐선 안 돼요.
이쁜이	왜?
김뭉치	허물 벗는 것 들키면 도련님은 죽어요.
이쁜이	나는 안 봐! (사이) 절대!

(하늘에 구름이 빠른 속도로 지난다. 어두운 가운데 이쁜이 는 자루에서 밤송이를 꺼내어 뒤주 근처에 뿌린다.)

| 이쁜이 | 아야 아야! 아이 쓰라려. 밤송이가 콕콕 찌르네. |

(시렁에서 보따리와 면경, 바늘 고리 등을 내린다.)

| 이쁜이 | (손을 불며) 호호, 쓰라려. ⋯찬바람에 얼굴이 다 텄네! 이 |

건 아버지 겨울 마고자, 이건 기러기 털로 안을 채운 바람
막이, 이건 솜버선.

(보자기 안에 든 옷가지를 확인하고는 소중히 싸서 한쪽에
밀어둔다. 호롱불을 키우고 바느질 해둔 옷을 꼼꼼히 실밥
을 제거하는 등 마무리를 한다.)

이쁜이   (갸웃하며) 실타래에 발이 달렸나? 어째 색실이 자꾸 줄어
          들어.

(달빛 비춘다. 이쁜이는 옷을 하나하나 징검다리를 놓듯 놓
아준다. 속곳, 적삼, 도포, 도령이 쓰는 두건 등 구도령은 징
검다리를 건너듯 하나하나 옷을 갖춰 입는다. 사이, 돌아서
있는 이쁜이 뒤로 옷을 갖춰 입고 가만 다가선다. 구름 속
에 달빛 가려진다. 구도령 모습을 드러낸다.)

구도령   이거 받아.
이쁜이   뭐예요?
구도령   내 허물.
이쁜이   (헉, 놀라 손을 털고 만다. 허물은 바닥에 떨어진다.)
구도령   (다시 주워주며) …손에 감고 있어. 찬물 찬바람에 손 튼
          데, 곧 아물 거야. (사라지려 한다.)

이쁜이	나랑 이야기 좀 해요.
구도령	무슨 이야기?
이쁜이	궁금해요, 당신 모습이… 제대로 보고 싶어.
구도령	안 돼!
이쁜이	…저기… 송곳니는 솟았나요.
구도령	(헛웃음) 있지! 단박에 노루 사슴 숨통을 끊을 수도 있지.
이쁜이	발톱은 긴가요?
구도령	산돼지 목덜미를 움킬 만은 하지.
이쁜이	혀는 길어요?
구도령	너구리 담비 오소리, 채찍처럼 단숨에 휘감아 삼켜버리지! (냉소) 어때? 아주 징그럽지?

(이쁜이는 뒷걸음질 쳐 달아난다. 이쁜이가 사라진 자리 남긴 면경을 본다.)

구도령	…이 안에 내가 또 하나 있네? 구렁덩덩 구도령, 얼룩덜룩 구도령 벌레본듯구도령, 미끌미끌 구도령! 사라져버려! 구도령은 나 하나면 충분해! (거울을 던져버린다.)

(이불을 쓰고 벌벌 떠는 이쁜이)

도창	기척이여 기척 요상한 기척, 잠못 들고 뒤척이는 기척, 마음

흔드는 기척, 알 수 없는 기척, 자꾸만 마음이 쓰여. 속상한 기척, 외로운 기척, 눈빛만 봐도 기척, 등짝만 봐도 기척, 손 내밀어 잡을 수도 없는 마음 자꾸 가는 기척, 알 듯 모를 듯 만져질 듯 뿌리칠 듯 다가갈 듯 멀어질 듯 기척, 기척! 이 마음은 어디서 오나, 이 기분은 뉘라서 아나.

(꼬끼오 닭 우는 소리, 이쁜이 일어나 앉는다. 손을 덮은 허물을 떼어낸다.)

이쁜이   다 나았네!

(이 때 대문을 두드리는 소리, 사뿐이와 이쁜이가 막 도착했다. 대문 밖에서 언니들은 얼굴에 검댕을 묻히고 치마를 찢는 등 최대한 고생한 티를 내려 한다.)

갑분이   이쁜아, 문 좀 열어. 나야 갑분이야.
사뿐이   이쁜아, 문 좀 열어 우리 왔어.
동시에   갑분이랑 사뿐이!
이쁜이   아이고, 이 새벽에 언니들이 어쩐 일이우?
사뿐이   고생고생 너 보려고 밤새 걸어 산 넘고 물 건너 덤불 밟으며 왔지.
이쁜이   용케도 찾아 왔수!

사뿐이	까투리 꽁지를 꼭 쥐고 왔지. 저놈의 까투리, 얼마나 한눈을 파는지.
도창	길로길로 가다가 콩알 하나 주웠네
	콩알 반쪽 먹을까 콩알 반쪽 심을까
	콩알 한알 굴리다 에라 다 먹자 콩콩!
	뀌고 보니 방구네, 당도하니 동생네.
이쁜이	잘 오셨소, 아부지는 잘 계시오?
사뿐이	밤낮으로 이쁜이 네 생각만.
이쁜이	언니는 혼사 준비는 잘 돼 가요?
사뿐이	어미 없는 살림살이 벌이 없는 하루살이 에휴!
갑분이	니가 산속에 살아 세상 물정을 통 모르지. 없는 것 투성이에 부족한 것만 넘치지, 네가 보낸 걸로는 아주 어림없다. 아유 소피 마려워, 뒷간은 어디니?

(갑분이는 살림살이를 훔쳐보려 여기 저기 들쑤시며 다닌다.)

사뿐이	이쁜아, (작은 소리로) 큰 언니 뱃속엔 새가 세 마리나 들었나봐!
이쁜이	새가 세 마리요?
사뿐이	머리 속엔 까막새, 마음 속엔 악심새, 입 속에는 욕심 가득 쌔빠질 새!

이쁜이	언니는! (함께 웃는다.)
갑분이	집이 아주 너르다. 큰 집 살림이 할 만하냐?
이쁜이	셋이 사니 단출해요.
갑분이	부잣집 곳간이 어째 헐렁해?
이쁜이	겨울 오기 전에 채울 거예요. 그렇지 않아도 구도령은 사냥 나갔어요.
사뿐이	금은보화는 어디 있어?
이쁜이	저기 시렁 위에 있어요. 부모님이 물려주신 거래요.
갑분이	머슴 놈은?
이쁜이	땔감 하러 갔을 거예요. 언니, 형부감 이야기 좀 해봐요. 어찌 생겼수?
갑분이	인물이야 헌칠하지. (갑분이, 사뿐이 킬킬 웃는다.)
이쁜이	언니는 좋겠다!
사뿐이	구도령은 잘 해주니?
이쁜이	…다정해요.
갑분이	고 노리개 참 이쁘다.
이쁜이	언니 가져요.
사뿐이	나는?
이쁜이	(조끼를 벗어준다.) 입어요. 나는 뭐 나들이를 하길 하나, 집에만 있는데.
사뿐이	대가집 감옥살이가 따로 없구나.
갑분이	(속삭이며) 이쁜아, 우리랑 도망치자! 구렁덩덩 구도령은

힘을 합쳐 때려잡자.

사뿐이 니가 꼬여만 내면 자루를 확 씌어서 몽둥이로 그냥!

갑분이 우리 셋이 그걸 못할까?

이쁜이 안 돼요!

사뿐이 아궁이에 든 재를 모았다가 휙 뿌리는 건 어떨까? 재투성이
로 만들면 오리도 못 쫓아 올걸?

갑분이 잠은 어디서 자니?

이쁜이 여기 뒤주…….

갑분이 어디 보자! (뒤주를 냉큼 연다) 비린내! (코를 막는다) 이건
뭐야? (허물을 줍는다)

이쁜이 비켜요!

사뿐이 이 허물로 여름 저고리를 해 입을까? 하늘하늘, 사뿐사뿐!

갑분이 말 같지 않은 소리!

사뿐이 이 허물 나를 다오.

갑분이 그렇지! 구도령이 허물 벗는 때가 언제니?

이쁜이 …그믐밤에요.

갑분이 사뿐아, 그믐에 다시 오자.

사뿐이 왜요?

갑분이 허물 벗는 짐승은 허물 벗는 동안이 제일 약하다고 하질 않
디? 매미를 봐라, 잠자리를 봐.

이쁜이 안 돼요!

갑분이 얘가 왜 이래?

사뿐이	얼레꼴레리, 그 새 정이 들었나봐! (허물을 목도리처럼 감싸며) 요건 내 차지다!
이쁜이	(빼앗아 치마폭에 감추며) 가요! 그만 가요!
갑분이	아주 제 서방 감싸듯이 구는구나. 너, 언니들을 이리 박대하기냐. 사뿐아, 그만 가자. 기분 나빠 안 되겠다.
사뿐이	그냥 빈손으로 가요?
갑분이	(눈을 꿈쩍이며 이끈다.)

5. 진주 눈물

(이쁜이는 꿈을 꾼다.)

소리	꼬마야 꼬마야 돌아보질 말아라
	꼬마야 꼬마야 땅을 파봐라
	파고 파서 뼈다귀를 꺼내라
	꺼내어 꺼내어 도망을 가거라. (노래, 반복되면서 비현실적으로 늘어진다)
이쁜이	언니, 나도 데려가요! 그래 나, 갈래! 집에 갈테야. (급히 비단 옷으로 갈아입는다. 머리장식을 하고, 꽃신을 신는다) 구렁덩덩 구도령님 나 좀 가게 해줘요. 내일이 큰언니 시집

가는 날이에요. 집안의 첫 혼사인데, 원삼에 족두리에 얼마나 고울까.

구도령   안 돼. 가지 마! 못 가.

이쁜이   왜요? 난 갈 거야, 보고 싶어

(이쁜이 달려본다. 그러나 역시 마당 안 결계가 쳐져있는 듯 자꾸만 튕겨진다.)

이쁜이   어머니 제사에도 못 갔어. 언니 결혼식엔 갈래요, 꼭 갈 테야.

구도령   가지 마. 제발! 그깟 마을에는 왜 가고 싶지? 산 아래엔 야수보다 무서운 사람들이 득시글거려, 왜? 이 산엔 필요한 게 다 있잖아. 머루, 다래, 노루, 토끼, 담비, 산도야지! 송이버섯, 달걀버섯, 운지, 영지에 산삼! 산중에 귀물이 다 있는데 뭐가 부족해?

이쁜이   …사람이 그리워요.

구도령   사람이 그리워? 저기 아랫마을에선 사람이 사람을 잡아먹는다는데 그리워? 그곳에선 구십구 개 가진 사람이 한 개 가진 사람 것을 다 빼앗는다는 데 그리워?

이쁜이   구도령은 몰라, 사람이 아니니까 절대 이해 못 해!

구도령   사람이 아니라고…? 그래, 난 괴물이야. 짐승도 인간도 아닌 어중간… 나를 화나게 하지 마! 난 네게 모든 걸 해줬어,

니 목숨은 내 거야.

이쁜이 그래, 이 괴물아, 짐승아, 야수야! 내것이 니것이요, 니것이
내것이다! 내 목숨이 니 것이요, 니 허물이 내 허물이지! 네
가 잡은 목숨을 내가 먹고 살았으니 업이야 업이로다. 네가
해친 짐승, 내가 나무란 일 없으니 업이야 업이로다 구렁덩
덩 구도령이야 내 업이로다…….

(병풍에서 단풍잎이 떨어진다.)

이쁜이네 집

(두 언니들 김뭉치가 부려놓은 짐승 가죽들을 흐뭇하게 세
고 있다. 그 사이 갑분이, 사뿐이 귀가 자라났다. 쓰개로 감
춘다. 뾰족 입이 수상하다, 비단 천으로 묶어 감춘다. 쥐꼬
리가 생겼다, 치마폭으로 가린다.)

노래 복 터졌네 복 터졌어! 정월 앞마당에 던져놓은 복조리를 이
쁜이가 다 주워가졌나봐. 복이 터졌어.

갑분이 구렁이를 때려잡고 이쁜이를 구해내자. 대궐 같은 기와집
일랑 우리 차지야, 금은보화 몽땅 우리 차지야!

사뿐이 어떻게? (사이) 포수를 구할까, 땅꾼을 알아볼까?

갑분이	우리 둘이 하면 되지! 내가 포수하고 네가 땅꾼하면 되지!
함께	구렁덩덩 구도령네 곳간을 털러 가자
	구렁덩덩 구도령의 허물을 훔쳐내자
	벗은 허물로는 무얼 할까?
	하늘하늘 속적삼을 짓자
	거죽은 홀랑 벗겨 꽃신을 만들자
	구렁덩덩 구도령을 몽둥이로 딱!
사뿐이	일단 이쁜이를 집 밖으로 꾀어냅시다. 고년이 고새 구도령 이랑 정이 들었는지 우리말을 순순히 따르지 않으니까
갑분이	어떻게 꾀어낼까? 그래! 아버지가 아주 위독하다 전갈을 하자꾸나. 돌아가시기 전에 이쁜이를 꼭 보고 싶어 한다고. 지가 안 오고 배기겠어.
사뿐이	그 다음엔?
갑분이	약을 먹여 푹 재우는 거지! 그 사이에 우리는 구도령 집으로 쳐들어가서 구렁덩덩 구도령을
동시에	쾅 때려잡는 거지. (찌찌뽕)
	(날이 밝았다.)
도창	까툭, 까툭, 까투욱! 까툭 까툭, 이쁜아, 아버지 탈 났어,
이쁜이	탈 나셨어? 어쩌다?

도창	까툭 까툭, 탈 중에도 큰 탈이 났어.
이쁜이	왜?
도창	장날에 돈 벌겠다고 기름 솥을 걸었다가 기름 솥이 엎질러져서 그만!
이쁜이	어째? (김뭉치에게) 내가 가봐야겠어.

(이쁜이, 허둥지둥 짐을 싼다.)

이쁜이	나 가요. 꼭 가요. 이번엔 나를 막지 못해! 잘 봐. (김장독을 열어보이며) 이쪽은 김뭉치 자네가 먹을 거, 저쪽은 구도령 거.
구도령	가지 마. (이쁜이, 돌아본다) 허물 벗는 동안 나 잘못되면 천 마리 개미 떼가 끌고 갈지도 몰라. 들쥐 생쥐 쥐 떼들이 몰려와 허물 다 벗기도 전에 갈강갈강 갉아 먹어버릴지도 몰라.
이쁜이	보내줘요. 여기 섬돌에 밤송이 한 자루, 저기 뒤주를 휘 둘러 밤송이 두 자루, 이제 생쥐들은 근처에도 못 와요. 아버지가 편찮으셔요. 이번에도 못 가면… 사람 노릇 못하는 나는 금수예요, 짐승과 다를 바가 없어요. 꼭 돌아올 게요 꼭.
구도령	(체념) 다녀와. 이건 당신 거야. 아무도 주지 마. 곧 날이 추워질 거야. 산 속 겨울은 유난히 추워. (토끼털로 만든 남바위를 건네준다.)

136

이쁜이	예뻐라! 도라지꽃이 수 놓아있네! 삐뚤빼뚤 못나게도 놓았다! (머리에 쓴다.)
구도령	이 걸 가져가. 가으내 모은 거야. 잘 소용 되길 바래.
이쁜이	(주머니를 받는다.)

(구도령 사라지면 이쁜이, 나머지 단속을 한다. 우물 뚜껑을 닫고 세숫대야를 엎어놓는다.)

이쁜이	반질반질 댓돌에라도 비추면 어쩌지? 우물아, 행여 거울 시늉 마라. 빗물 받은 세숫대야, 임의 얼굴 비출 새라… 치우자, 다 치우자. 다 비워둬야 해. 달아 달아 하늘 달아 오늘은 보름이래도 너는 그믐이어야 해. 달아, 너 떠오르면 우리 님의 마음 아파 나 아파. 달아 달아 뜨지 마 내 님 얼굴 아무도 못 보게. 달아달아 달뜬 달아 구름 속에서 나오지 마, 우리 님 얽은 얼굴 남들 볼까 걱정이야. 달아달아 나오지 마, 내 님 얼굴 고운 얼굴 나만 두고 보련다.

(이쁜이는 행장을 다 차렸다. 김뭉치만이 배웅한다. 이쁜이는 가려다가 마지막으로 밤송이 자루를 끌어다가 뒤주 주위에 더 뿌린다.)

이쁜이	밤송이로 금줄을 쳐두었으니 들쥐도 생쥐도 가까이 못 올

	거야. 김뭉치야, 날 보내줘. 돌아올 땐 김을 열 톳 사서 돌아
	올게.
김뭉치	와! 정말요?
이쁜이	완도김이 좋아? 진도김이 좋아?
김뭉치	완도, 진도, 다 좋아요, 다 맛나요! 잘만 다녀오세요.
도창	까툭, 까툭 까투리야. 앞장을 서라 이쁜이 집에 간다. 여름
	끝에 산중에 들었더니 한겨울에 내려가네. 아버지 살릴 귀
	한 약재 이 봇짐에 다 들었네. 까툭 까툭 까투리야 앞장을
	서 전해다오. 막내딸 이쁜이가 금의환향은 아니래두 훌쩍
	자라 돌아간다고.
	(꽃신이 발에 꼭 맞는다. 한 바퀴 돌면 도착)
이쁜이	언니, 나 왔어요.
갑분이, 사뿐이	애고 데고, 이제 가면 언제 오나.
이쁜이	아버지는요?
갑분이	끝내 너를 기다리지를 못하고, 사람의 허물을 벗고 훌훌 하
	늘나라로…….
이쁜이	아버지! 아이고, 아버지!
사뿐이	자, 뵙기 전에 이 향물로 손을 씻고 입을 헹궈라.
이쁜이	예? 예! (물을 입 안에 머금는다.)

(옐른 등을 탁 친다. 그 겨를에 물을 삼키고 만다. 푹 쓰러지는 이쁜이. 병풍 뒤, 아비의 입을 수건으로 막아두었다. 꼼짝없이 묶여 누워있는 아비!)

갑분이, 사뿐이   아부지, 쫌 만 참고 계셔요. 자루 자루 가득 가득 금은보화 담아와서 호의호식 효도할 게요.
(사뿐이, 이쁜이 포수 땅꾼 차림으로 털모자 쓰고 모피 조끼 걸치고 달려 나간다. 이쁜이는 비몽사몽 꿈을 꾼다.)

도창   옛날 옛날 아주 먼 옛날에 한 여자가 아들을 낳았는데 글쎄 사람을 안 낳고 징그러운 구렁이를 낳은 거야. 그 징그러운 걸 방에서 키울 수도 없고 해서 부엌 구석에다 바구니를 씌워놓고 키우는데, 이 구렁이가 똬리를 틀고 바구니 속에 가만 앉아 있는 거야. 앞집 사는 세 딸이 이 집에 와서 보고는 큰딸은 으악 징그러워! 하면서 꼬챙이로 한 눈을 쿡 쑤셔서 눈물 나게 했겠지! 둘째 딸도 구렁이를 보고서 으앗 징그러워! 하면서 꼬챙이로 다른 눈을 쑤셔서 눈물을 쏙 뺐겠다!

언니들   구워먹고, 삶아먹고, 고아먹고, 튀겨먹고 대가리부터 꼬리까지 야금야금 다 해치울까?

이쁜이   아 안 돼…….

도창   셋째 딸은 와서 보구 구렁이 눈에서 눈물이 나는 거를 보구!

이쁜이   왜 눈물을 흘리구 있어…. 내 옷고름으로 너의 눈을 문대

주고, 눈물 진물을 닦아 줄게…….

(퍼뜩 잠에서 깬다. 이쁜이, 현실로 돌아온다. 문득 아버지의 신음소리 듣는다. 병풍 뒤편으로 가니 묶인 아버지 누워 있다.)

이쁜이   아버지! 이게 웬일이어요? (아비를 묶어둔 일곱 매듭을 고를 풀 듯 탕탕 푼다. 입을 막은 천의 매듭도 풀린다) 붉은 꽃은 피를 돌게 하고 노란 꽃은 숨 돌리는 꽃, 아버지 얼른 자리에서 일어나세요. 웅담도 있어요. 구도령이 보냈어요. 그리고 이건 구렁덩덩 구도령이 벗은 허물이어요. 여기 진물 난 데, 곪은 데 붙이면 새 살이 돋아나요. 아이고, 어째? 왜 이 허물이 새카맣게 변했대? 뭔 일이 일어난 거 아니야?

아버지   난 괜찮다. 가거라, 얼른 구도령을 구해라. 네 언니들이 구도령을 때려잡고, 그 집안 금은보화를 다 차지하겠다고 포수인지 땅꾼인지를 자청 해서 달려가지 않았겠니?

이쁜이   아부지, 누워계셔요. 가만 계셔요. 내 신, 내 신!
                        (급히 신을 신는다.)

6. 허물벗기

구도령네

김뭉치	도련님, 뭐래도 잡숴야지요.
구도령	됐어. 안 먹어. (신음소리)
김뭉치	곰사냥을 하다가 크게 다쳤잖아요. 게다가 허물 벗는 일이 얼매나 고된데 굶고는 못 해요. 도를 닦더라도 먹어가면서 해야 허고, 기도를 하더라도 기운이 있어야 허지요. 조금만 잡숴요.
구도령	그 사람 올 때까지는 아무 것도 안 먹을 거야.
김뭉치	나 참.
구도령	문 닫아!

(뒤주 덮개를 닫는다.)

갑분이	이리 오너라. 이리 오너라. 머슴 놈은 어디 갔느냐.
사뿐이	너, 우리 알지? 나 이쁜이 둘째 언니야,
김뭉치	(어리둥절) 애기씨는 마을로 내려갔는 뎁쇼.
갑분이	이거 받아! 닭 잡아왔네. 구도령야말로 장차 우리 집안의 백년손님 아니겠나! 여기 기름 솥을 걸게. 닭 한 마리 노릇노릇 바삭바삭 튀겨 사이좋게 나눠먹음세.
김뭉치	뭘 이런 걸 다……. (김뭉치, 솥을 화덕 위에 얹는다.)

갑분이	활활 불을 때!
김뭉치	장작을 더 내오겠습니요.
갑분이	(사뿐이에게 속삭임으로) 기름이 자글 자글 끓으면 그 때 뒤주 속으로 확 끼얹는 거다, (연습 구령을 붙인다.) 하나 둘 셋! 뜨거워서 발버둥 칠 때 그 틈을 타서 때려잡는 거야.
사뿐이	달아나려 하면 탕탕탕!
갑분이	거죽에 구멍이라도 나면 어쩌려고? 값 떨어져!
사뿐이	이제 이 큰 집이 우리 차지되는 거지?
갑분이	집뿐이야? 저기 저 방에 화초장, 화각장. 저기 저 반닫이, 쌀 뒤주까지 다 우리 차지!
사뿐이	금은보화 이고지고 가쁜 사뿐 가자고요.
갑분이	앞산 노루도 우리 거, 뒷산 고라니도 우리 거! 멧돼지, 토깽이, 호랭이, 호랑이 잡는 담비까지 다 우리 차지!
김뭉치	아씨, 기름이 끓는뎁쇼.
갑분이	바싹 튀겨야 더 맛나지. 어림도 없네, 장작 좀 더 내오게. (김뭉치 사라지면) 자, 하나, 둘, 셋! (기름 솥을 뒤주 속으로 부으려는 순간, 재빨리 김뭉치가 뛰어와 뒤주 앞을 막아선다. 대신 기름을 맞는다.)
김뭉치	으다다다 아고고고 나 죽는다. 부각부각 김부각, 거품 물고 김부각! 생긴대로 살다가 기름을 덮어써 부각부각 김부각 이 되는구나! (기절한다)

(이때 뒤주가 들썩인다. 모두들 당황한다, 꼬리 또는 앞발
이 나온다.)

갑분이   아유 징그러워! 아유 티꺼워. 안 되겠다. 사뿐아 뒤주 채로
                 그냥 태워 없애자! (불붙은 장작을 가져와 불을 붙인다.) 구
                 서방, 너는 끝장났어. 썩 사라지거라. 구렁이는 사람하곤
                 어울려 못 살아. 이쁜이는 우리가 빼돌렸지롱, 다신 여기
                 안 와! 아유 티꺼워, 아유 징그러!

사뿐이   이쁜이는 네까짓 것 싫대! 티꺼운 데 참고 사느라 혼났대,
                 징그러운 걸 보고 사느라 혼이 나갔대. 이쁜이는 아주 멀리
                 도망갔어.

                 (구도령은 절망해서 허물을 떨어뜨리고 뒤주 안으로 모습
                 을 감춘다.)

갑분이   에이, 징그러, 에이 티꺼워! 이게 다 뭐야?

                 (허물을 아궁이 속에 휘휘 말아 던져버린다. 구도령의 비명
                 같은 구음 소리 들려온다.)

갑분이   우리 이쁜이는 멀리 갔어. 다신 안 와!

(장작불을 뒤주 안으로 던진다. 사이, 탕! 탕! 밤송이 터지
는 소리. 뒤주가 쩍 갈라진다. 이쁜이, 이때 달려와 치마를
쓰고 불길 속으로 들어간다. 겨우 구도령을 끌어낸다.)

이쁜이   봐요. 날 봐요. 내가 왔어요. 아니지, 눈을 질끈 감아! 당신
이 눈 감으면 아무도 당신을 못 봐. 괜찮아, 내 손을 꼭 잡
아. (치마폭을 올리고 구도령을 꼭 감싼다. 구도령의 이마
에 자신의 이마를 꼭 맞댄다. 이쁜이의 치맛자락 거대한 소
용돌이가 된다. 천이 날리는 소용돌이 속 신비한 소리…,
구렁덩덩 구도령의 마지막 허물이 벗겨진다. 구도령, 잘 생
긴 청년의 모습으로 나타난다.)

갑분이, 사뿐이   앗 따거! 앗 따거!

(밤송이가 팡팡 터져 언니들 쪽을 덮치면 언니들은 얼굴을
감싸 쥐고 주저앉는다.)

에필로그

천이 휘돌아치면서 펼쳐져 마당에는 오색 차일이 쳐졌다!

원삼을 입고 족두리를 쓴 이쁜이.

관복을 입고 목화를 신은 구도령이 새 모양의 목각 인형을 교환한다. 그 새는 어쩐지 까투리 같이 생겼다. 아궁이 불빛이 환하다. 두 사람의 사랑가…….

언니들은 이제 생쥐가 되었다. 치맛자락 사이로 꼬리가 확연히 나오고, 얽은 쥐 가면을 쓴 채 부끄러워한다.

도창   (신나게) 이 이야기가 어떻게 끝났을까? 이쁜이가 앞서 끌고 구도령은 뒤에서 밀고, 기름 솥을 덮어써서 부각부각 김부각이 된 김뭉치를 수레에 태우고서, 동무동무 씨동무! 미나리꽝을 건너뛰어 세상에 없는 데를 찾아 아리아리랑 쓰리쓰리랑 길을 떠났지! 백두산에도 가고, 천두산에도 가고, 만두산에도 가고, 한라산도 오르고, 두라산도 오르고 없는 세상에 없는 구경을 다 다녔지. 이쁜이 아버지는 어찌 되었냐고? 오래 오래 살아서 어저께까지 살았지. 어저께 죽어서 그저께 장사를 지냈지. 나, 까투리는 어떻게 사냐고? 마음만 앞장을 서 앞산 안구, 뒷산 지구, 꿩에 다리 호로롱! 잘생긴 장끼한테 반해서 푸드덕 푸드덕 깽!

(다시 서정적인 톤으로)

저 신랑각시 신행 간다, 조랑말 타고 가마 타고 마당에 친

차일을 한 폭 떼서 고깔을 접어쓰고, 또 한 폭 떼서 바랑을 접고, 또 한 폭 떼서 발에 감고, 여기 저기 먼 산으로! 노루 뼈를 놓아주고, 오소리 멧돼지 뛰게 하고, 담비 수달 옷 지어 입히고, 새끼곰한테는 젖 물리고, 길로 절로 아주 간다.

(등장인물들 모두 나와 앞에 펼쳐진 이야기를 그림자 인형 극으로 축약해 펼치면서 막 내린다)

-끝-

십장생아, 다 어디로 갔니?

등장인물

은혜   눈이 큰 열살박이 여자 아이. 우리의 주인공, 겁보지만 마음이 따뜻하다.

갑산   은혜와 동갑내기 시골 소년. 병원에 입원한 엄마 때문에 어린 동생을 돌보느라 항상 포대기를 두르고 있다.

은혜의 엄마   은혜의 동생을 임신 중이어서 퉁퉁 부어 있다. 만삭의 여인답게 만사 느긋.

은혜의 아빠   덜렁덜렁한 성격, 마른 얼굴에 안경을 쓴 평범한 샐러리맨.

갑산 아버지   순박한 농부.

미니블루   은혜의 친구 청거북.

여왕   지하도시의 지배자, 인간 탐욕의 상징, 생태계를 파괴시키는 모든 원인을 농축한 듯한 인물. 여왕은 自然死박물관 개관을 위해서라면 어떤 짓이라도 저지를 준비가 되어 있다.

황새   공해 때문에 짝을 못 만난 노총각으로 늘 우울하다. 그러나 부성애가 넘친다. 아기를 나를 때, 보자기 대신 검은 비닐을 쓰는 조금은 엉뚱한 캐릭터.

강철 뿔 사슴 인간에게 상처 입은 대표적인 존재, 뿔을 잃은 자리에 강철 뿔을
붙였다. 늘 인간에게 냉랭하지만 차츰 은혜가 가진 선의에 마음
을 연다.

모기 마마 인류보다 오래 산 모기, 자기 종족에 대하여 자부심이 강하며 심
각한 왕비병을 갖고 있다.

고슴도치 늘쌈이 바늘쌈지처럼 생겨 늘쌈이라 이름 붙었다. 여왕의 학대에 잘못
길들여져 만사 무감동, 그러나 한편 늘쌈이라는 이름에 걸맞게
사납게 표변하기도 한다. 갑산의 사랑에 눈을 떠 은혜네 일을 돕
는다.

그 외 렌트카 회사 직원, 십장생, 지하도시 시민들, 여왕의 하수인, 메
기입 점원, 하루살이, 냉이꽃, 은혜의 증조할머니 등등

오프닝 씬

원경으로 기차가 굴을 빠져나가는 모습 보인다. 바닥이 짐작되지 않을 정도로 깊은 강. 그러나 강물엔 스티로폼이 떠가고 쓰레기들 둥둥 떠있다.
멀리 국도가 보이고, 자동차의 행렬 꼬리를 문다.

기차 안

하얀 옷으로 가려진 만삭인 배와 달걀의 둥근 머리가 동산에 해 떠오르듯 크고 작은 반원 두개로 화면 가득 나란히 부감된다.
엄마, 껍질을 벗긴 달걀을 아빠에게 내민다.

아빠   기차여행엔 역시! (볼이 메어져라 달걀을 먹는 아빠, 엄지 손가락을 쳐든다. 은혜의 원피스 앞주머니에서 작은 청거 북, 머리를 내민다)

은혜   미니! (얼른 주머니 속으로 다시 밀어넣는다)
아빠   (달걀을 우물거리며) 물냄새를 맡았나봐.
엄마   설마!

목이 메이는지 컥컥거리는 아빠, 은혜는 물병을 내밀고 아빠 등을 쳐준다. 은혜 문득 차창 밖으로 한 마리 황새가 날아오르는 것을 본다. 어딘지 꺼부숭하고 우울한 얼굴을 한 황새, 기차를 쫓고 있는 것만 같다. 은혜와 눈이 마주치자 놀란 듯 강물 쪽으로 급낙하한다. 애써 다시 허공을 차고 오르는데 황새의 다리 끝, 검은 비닐 봉지 하나가 매달려 있다. 눈이 동그래진 은혜, 이 때 아빠 딸국질을 시작한다.

엄마   당신도 참! (눈을 흘긴다)

(아빠, 담배를 챙겨 난간으로 나가려는데 엄마는 만삭인 배가 불편한 듯 몸을 뒤척인다)

엄마   아유, 너무 오래 앉아있었었나봐.
아빠   갈 길이 먼데 괜찮겠어?
엄마   별일 있을라구.
아빠   어때 좀, 소식이 있나? (엄마 배에 귀를 대본다)
엄마   두 주가 지났는데도 기척이 없네?
아빠   꽤 느긋한 녀석인가봐. 아가야, 우리 모두 기다리고 있단다. 빨리 얼굴 좀 보자.
엄마   (주위 눈을 의식하면서) 이이가-

(아빠, 눈을 찡긋 하며 나간다)

| 엄마 | 은혜야, 엄마 발 좀 주물러 줄래? |
| 은혜 | 응! |

엄마의 퉁퉁 부은 발 클로즈 업, 은혜의 작은 손 엄마의 발을 주무른다. 이때 어두운 터널 입구에 들어서는 기차, 뿌웅 경적소리 잦아든다. 작은 흰 점처럼 보이는 터널 출구, 기차가 빠져나오면 어느덧 어두운 역사를 지나 찬란히 햇빛 부서지는 광장에 서 있는 은혜네 가족.

역 앞 광장

택시 승강장 부근에 서 있는 은혜네 가족, 발차하는 차들 때문에 엄마는 연신 찡그리며 입을 막는다.

| 엄마 | 아유, 어딜 가나 원! |

승강장에서 택시를 기다리는 다른 가족들 중 한 어린 아이, 잘못해서 과자봉지를 떨어뜨린다. 쏟아지는 과자 알들, 어디선가 비둘기 떼들 날아와 덤벼든다. 털빛이 건강치 못하

고, 때 투성이다. 발가락을 잃은 비둘기 한 마리 은혜 발 밑에서 구구거린다.

차 한 대 미끄러지듯 다가와 멈춰선다.

아빠   여깁니다.

직원   늦어서 죄송합니다. 교통체증은 서울, 시골이 따로 없네요. 요청하신 차입니다. 보시죠.

아빠   가는 데가 워낙 시골마을이라…, (차를 살피며) 문제 없겠지요?

직원   그럼요, 차체가 이렇게 높은 걸요. 논두렁 밭두렁, 아무리 가파른 산길이래도 문제 없을 겁니다.

            (은혜네 식구들 옮겨 탄다.)

직원   즐거운 여행 되십시오.

            (멀어지는 은혜네 차)

시골 소읍의 거리

            푹 퍼져 앉은 엄마, 크게 하품하면서 운전하는 아빠, 차창에 코를 맞대고 거리를 구경하고 있는 은혜, 멀미에 시달린 게 역력한 미니블루의 표정이 차례로 보인다.

엄마	여보, 어디 가게라도 찾아봐요. 제수거리라도 간단히 준비해야지요.
은혜	제수거리가 뭐야?
엄마	산소에 올릴 과일이랑 포 같은 걸 말하는 거야.

차는 기이한 느낌이 들 정도로 텅 빈 어느 소읍의 거리로 들어선다. 길에 굴러 다니는 휴지들, 셔터가 반쯤 내려간 가게들 곳곳에 보이고, 깨진 유리창 틈새로 유령같은 노인 몇만 가게를 지키고 있을 뿐이다. 물건들엔 보얗게 먼지가 앉았다.

엄마	좀 더 찾아봐요.

멀리서 과장되게 쿵쾅거리는 음악, 대형마켓만 성업중이다.

대형 마켓 앞

가건물로 지어진 대형 마켓은 몸체만 기이하게 커, 마치 논밭 사이에 드러 누운 괴물같다. 쉼없이 들락날락하는 차량들. 부인네들, 아저씨들 정신 없이 돌아치며 쇼핑카트에서 자동차로 물건을 옮겨담는다.

아빠　　　당신 힘든데 여기 있어. 은혜야, 아빠랑 장보러 가자. (쇼핑카트를 구해 밀고 들어간다)

마켓 안

은혜의 주머니에서 떨어진 미니블루의 시선으로 마켓 내부 비춰진다. 질주하는 바퀴들, 거대한 우박처럼 떨어지는 물건들, 공룡처럼 쿵쿵거리며 다가오는 사람들의 발자국들. 얼이 빠져 우왕좌왕하는데 누군가의 손이 미니블루를 잡아 올린다.

노란머리의 청년　청거북이네?

아빠가 쇼핑카트 속에 덥썩 미니블루를 담는다. 해물탕거리를 방석처럼 깔고 앉았다. '해물탕' 글자가 크게 클로즈업되고 버둥거리는 미니블루의 모습, 미니블루는 다시 바닥으로 굴러 떨어진다. 은혜의 작은 손 미니블루를 들어올린다.

은혜   어디 갔었어?

          아빠, 달리기 주자처럼 쇼핑카트를 몰고 이리 저리 우왕좌
          왕 필요한 제수거리들을 찾아 담는다.

          땀을 흘리며 흐트러진 차림으로 계산대에 선 아빠. 은혜는
          계산대 근처에 있는 막대사탕을 두 개 집어 아빠한테 건넨
          다. 바코드를 찍는 계산원.

산길

          은혜네 차, 털털거리며 힘겹게 산길을 오르지만, 결국 차를
          세워 두고 걸을 수밖에 없다.

엄마   그냥 우리 차 갖고 올걸 그랬나봐.
아빠   당신 힘들까봐 그랬지. 여기부턴 걸어갑시다.

          모두 차에서 내린다.
          새가 날카롭게 우짖는 소리, 무언가에 위협을 받았는지 푸드
          덕 날아오른다. 제초제를 뿌린 듯 길섶엔 누르죽죽 풀들이
          불길하고, 어쩌다 핀 어린 쑥부쟁이 한 그루 애처롭다. 산길

여기 저기 나뒹구는 검정비닐들, 농약통⋯⋯.

아빠, 혀를 찬다.

| 아빠 | 어디를 가나 큰일이야. |

(엄마, 호흡이 가쁘다. 자리에 주저앉는다.)

엄마	여보, 나 더는 못 가.
아빠	조금만 참아. 다 왔어. 할머니께서 당신 보면 반기실텐데. 맏손주며느리라고 얼마나 위하셨어.
엄마	(끙하며 다시 일어나) 알아!

은혜는 달려가 그나마 피어있던 한 송이 쑥부쟁이를 꺾어 엄마에게 내민다. 새소리 날카롭다.

가족들 걸음걸음에 도깨비가시가 악착같이 달라붙는다. 은혜는 바지 가랑이에서 가시를 떼 내고 떼 내지만 어림없다. 가족들 헉헉 숨이 차 겨우 무덤 가에 당도한다.

무덤

| 아빠 | 할머니 저 왔어요. 맏손주 용식이가 왔어요. 죄송합니다. |
| 엄마 | 은혜야, 절 올려라. 증할머니께서 누워있는 곳이란다. |

아빠	임종도 못 보고 죄송합니다. 외국에 나가있었어요.

(아빠, 쇼핑백에서 과일과 술, 포를 꺼내 무덤 앞에 진설한다)

엄마	과도, 샀어요?
아빠	아니.
엄마	나 참.

(아빠는 꺾을 만한 나뭇가지를 찾아 두리번거린다.)

은혜	그냥 차리면 안 돼?
엄마	돌아간 분은 향내로 잡숫거든!

(아빠, 무덤가 가까운 숲에서 한 그루 어린 소나무의 가지를 부러뜨린다.)

은혜	아프겠다!
아빠	야, 송진 냄새 난다. 오랜만에 맡으니 좋은데!

가지 끝 날카로운 부분을 칼 대용 삼아 과일을 깎는다.
어설프지만 사과, 배 그런대로 꼭지 오려내지고…

종이컵에 술을 채우고 절을 올리는 은혜네 가족.

과일 향기에 벌들이 닝닝 꼬여든다. 젯상 위를 날다가 벌 한 마리 술잔에   빠진다. 아빠, 벌을 건지는데 술에 취한듯 비틀거리는 벌.

아빠   요녀석, 꿀맛보다 술맛 먼저 배운 거 아냐?

벌, 취해서 갈짓자로 날다가 엉뚱한 춤만 추고(꽃 있는 곳을 동료에게 알리는 8자 댄스), 그 춤을 따라 동료 벌들 우왕좌왕 날아오른다. 술취한 벌, 결국 엄마가 입은 꽃무늬 치마에 덤벼들고, 친구 벌들도 치마폭을 향해 내려앉는다.

엄마   으악! 저리 가! 가!

혼겁을 한 엄마 팔을 내젓지만 더 윙윙거리며 덤비는 벌떼. 당황한 아빠, 얼른 은혜의 주머니에서 막대사탕 꺼내 비닐을 벗겨내고 급히 빨아댄다. 단내를 맡은 벌들 고개를 돌리는데… 아빠는 달아나고, 벌은 뒤를 좇고……. 아빠, 급기야는 막대사탕을 멀리 내던지자 그 사탕을 좇아 가는 벌떼들.

아빠   휴우-

은혜네 가족들의 웃음소리 푸른 하늘로 번진다.

하산 인사를 올리는 은혜네 가족

함께 절을 하고 잠시 무릎을 꿇은 자세로 묵상을 한다.

사이, 아빠는 무덤을 비껴 서 담배를 피워 물고 먼 산을 바라본다.

은혜	아빠 뭐 빌었어?
아빠	할머니 좋은 데 가시라고 빌었지.
은혜	엄마는?
엄마	아가, 건강하게 태어나도록 도와주십사 빌었지.
은혜	나도! 얼른 아가랑 놀게 해달라고 빌었어.
아빠	증할머니께서 은혜 태어났을 때 참 좋아하셨는데…….
엄마	증할머니 생각나니?
은혜	응! 은혜 보면 머리를 쓰다듬어 주셨어. (비손이 흉내를 내며) 동으로 가나 서로로 가나 우리 은혜, 남의 눈에 꽃으로 보이게 허시고, 잎으로 보이게 허시고……. 근데 무슨 뜻이야?
엄마	(눈에 금새 이슬이 맺힌다) …은혜가 귀염받는 거 다 할머니 덕이구나! (공손히 손을 모으며) 할머님, 은혜 동생도 축복해 주세요!
은혜	아기는 언제 나와?
엄마	글쎄 말이다. 달을 넘겼는데, 나올 생각을 안 하네.
아빠	그 녀석 이 세상이 싫은 거 아냐?

엄마	당신, 요 담배 냄새가 싫은 게 아닐까? (다짐하듯) 둘째 낳으면 담배 끊겠다구 약속했어요?
아빠	(말을 돌리며) 자, 자 얼른 내려가자. 해 다 저물겠다.

(아빠, 은혜를 앞세운다.)

아빠	은혜야, 돌아보면 안 된다!
은혜	왜요?
아빠	돌아보면 할머니 하늘나라 못 가셔. 우리 은혜 언제나 오나, 여기서 기다리고만 계실 걸?
은혜	그냥 우리 곁에 계시면 안 되나…….

(아빠, 은혜의 머리를 쓰다듬어준다.)

산비탈

비탈길이다. 아빠는 엄마를 부축하느라 얼른 은혜를 앞서고 맨 뒤에 은혜가 남는다. 은혜, 돌아보고픈 유혹을 참고서 애먼 미니블루 머리만 돌리지 못하게 꼬옥 누르고 있다. 이때한 줄기 바람 불어 은혜의 모자가 날아간다. 모자를 잡으려다가 뒤돌아보고 만 은혜, 얼른 눈을 감지만 무덤 가 서 있는 증할머니를 보고 만다. 마치 배웅이라도 하듯 서운하지만 따스한 미소를 머금고 서 있다. …은혜는 눈을 부빈다.

하산길

먼지를 일으키며 은혜네 차 산길을 내려오고 있다. 은혜는 고개를 내밀고 밖을 구경하는 중이다. 외딴 곳에 집 한 채가 있는 것이 눈에 들어온다.

은혜   저기 저 집은 왜 혼자 있어?
아빠   어디? 으응, 상여집이야.
은혜   상여집?
아빠   옛날엔 마을에서 누가 돌아가시면 상여를 태워드렸거든.
은혜   상여가 뭐야?
아빠   죽은 사람이 타는 가마야.
은혜   무서워!

은혜의 상상 인서트

(귀신이 가마를 타고 동동 떠 간다.)

아빠	무섭기는! 오색 종이꽃도 달고, 나무로 만든 인형도 달고 그랬지.

은혜의 상상 인서트

(가마에 종이꽃이 피고 꼭두 나무 인형들이 인형극을 하듯 덜렁거린다)

은혜	이상해!
아빠	구경하고 갈까?
엄마	당신은! 아기한테 부정타면 어쩌려구요?
아빠	쩝! 알았어.

마을 어귀

경운기가 겨우 지날 듯한 좁은 길에 차가 멈춰 선다. 엄마, 차에서 급히 내리더니 어느 농가의 화장실 쪽으로 달리듯 사라진다. 농가에는 사슴우리가 붙어 있다.

사슴우리

은혜는 건초와 사료 등을 먹고 있는 사슴들에게 다가가 우리 근처에 웃자란 풀을 한 줌 뽑아 내민다.
사슴 한 마리, 은혜와 눈을 맞추고는 다가와 초록빛 생기로운 풀을 맛나게 씹는다. 은혜는 두리번 두리번 풀을 더 뜯어 사슴에게 건넨다.
이 때 비닐 앞치마를 입은 사내 나타나 나무란다.

사내   못 써! 풀맛 보면 사료 안 먹는다!

              (사슴, 등짝을 맞고는 화들짝 물러선다.)

엄마   (화장실에서 나와 옷매무새를 살피며) 은혜야, 가자!
은혜   응!
아빠   이제 괜찮아?
엄마   미안해요. 워낙 급했거든. 고맙습니다!

길목

할머니 댁으로 올라가는 길은 사람이 드나들지 않아 온통

잡초들로 가득하다. 땅바닥 한 뼘 안 보일 정도다. 원경으로 할머니 댁, 반쯤은 무너진 담배창고의 녹슨 양철지붕 끝이 보인다. 아기 업은 시골 소년 갑산, 무언가 불만족한 표정으로 서 있다. 갑산은 괜히 바닥을 찬다. 다리 한쪽엔 깁스를 하고 목발은 짚은 채 농약통을 매고서 기우뚱 서 있는 갑산의 아버지.

갑산 아버지	댕겨오셔유? 벌초는 지가 했슈.
아빠	고맙습니다.
갑산 아버지	연락을 하고 오시쥬. 그럼 좀 치웠을 건데…….

(무신경하게 등짝에 맨 농약통 속 제초제를 분사한다. 엄마는 코와 입을 막으며 물러서지만 콜록콜록 심한 기침을 한다.)

갑산 아버지	아이구, 죄송헙니다. 습관이 돼놔서. …댕겨 가신지가 근 해를 넘었쥬?
아빠	예, 외국에 좀 나갔다 오느라고… 발은 어쩌다가…….
갑산 아버지	경운기가 굴렀슈.
엄마	은혜야, 갑산이 알지? 인사해야지.
갑산 아버지	많이 컸구먼유.
엄마	갑산 어머니는 잘 계시죠?

갑산 아버지   뭐……. 거시기 올 봄에 논에 약 치다가 그만 중독돼서…
                빙원에… 꽤 됐슈.

(갑산 등에서 두돌박이 아기가 버둥거린다.)

엄마   저런! 어쩌나...
갑산 아버지   갑산아, 얼릉 마저 치워드려라.

(갑산 몸을 숙여 낫질하는 시늉을 한다. 아기가 빠져나올
듯 위태롭다.)

엄마   두세요. 니가 힘들겠구나.

(갑산, 불만족한 듯 쑤걱쑤걱 낫질을 할뿐이다.)

아빠   은혜야, 뭐해? 갑산이 몰라? 둘이 잘 놀았잖아.
엄마   '갑산아 안녕!' 인사해야지.

(갑산 잡풀을 끊어내면서 등만 보인 채 군시렁댄다.)

갑산   '갑산아 안녕'은 아니쥬. 지가 오빠 뻘이니께유.

(엄마, 아빠 영문을 몰라한다.)

갑산   지가 다섯달이나 생일이 빠르니께유.

(그제야 말뜻을 깨닫고 어른들 웃음을 참는데 은혜는 혀를
쏙 내민다. 은혜, 갑산을 상대 않겠다는 듯 팽 돌아서 성큼성
큼 걷다가 엮어놓은 풀에 휘청 걸려 넘어진다. 까르르 웃음
터지며 담벼락 밑에 숨었다가 달아나는 시골아이들)

아이들   각시 각시 풀각시 아들 낳고 딸 낳고−
                    각시 각시 서울각시 갑산이하고 남산이하고−
갑산   저것들이! 은혜는 내 동상이여. 내 동상!
갑산 아버지   떼끼 놈들!

은혜, 얼굴이 벌개진다.
어른들, 하하 웃는다. 담배창고를 배경으로 어느덧 퍼지는
저녁노을…….

마당

광에서 물건들을 꺼내 마당 가운데 잔뜩 쌓아 두었다.

이것저것 물건을 꼼꼼히 살피는 아빠.

아빠   티브이 진품명품 같은 데 내놓을 만한 거 뭐 없을까?
엄마   꿈도 크시우!

안방

열어둔 방문 사이로 은혜의 모습 보인다. 은혜는 벽 한쪽 높다랗게 걸린 가족사진을 올려다본다. 은혜 눈에 먼저 제 돌사진이 들어온다.

돌상을 받은 은혜, 실타래를 목에 감고 까르륵 웃고 있다. 증할머니의 무릎에 안긴 아기적 은혜…….

은혜, 문득 시렁 위 얹혀 있는 바구니를 발견한다. 발돋음을 해 바구니를 끌어내리려 애쓴다. 아슬아슬… 그러나 바닥으로 굴러 떨어지는 바구니, 쏟아지는 바느질 도구들. 그 와중에 은혜의 머리 위 무명실타래가 얹히고, 떼구르 굴러가다가 멈추는 바늘쌈지……. 등에 바늘과 핀을 꽂은 모양이 꼭 고슴도치 같다. 은혜는 두 손가락으로 조심스레 바늘쌈지를 들어올린다. 그때, 방구석으로 굴러간 작은 골무가 은혜 눈에 띈다. 천으로 도톰하게 만든 골무엔 잔잔한 꽃잎을 수놓았다. 은혜는 골무를 집어 제 엄지손가락에 끼워본

다. 순간, 반짝 빛을 발하는 골무! "은혜야!" 엄마가 부르는
소리 때문에 고개를 돌리느라 은혜는 이를 알아차리지 못
한다.

마당

엄마   방에서 뭐해?

           (실타래를 쓴 은혜를 본다.)

엄마   꼴이 그게 뭐야?
은혜   저기 바구니에서 떨어졌어.
엄마   이리 와 봐. 어디…….

           (은혜의 머리에 얹힌 실타래에서 청홍 색실 매듭을 발견한
           다.)

엄마   어머나, 세상에! 이게 남아 있네?
아빠   뭔데?
엄마   은혜 돌상에 올라갔던 실이에요. 이거 할머니께서 직접 자
           은 거야. 네 돌상에 놓아준다고 손수 꼬아서 타래를 만드셨

는데…….

아빠   우리 은혜는 오래 오래 건강하게 살 거야! 돌상에서 이 실
       을 집었거든!

은혜   나 이거 걸고 있을래.

은혜 실타래를 목에 걸고, 물건들 사이를 이리 저리 돌아다
닌다. 문득 우물이 궁금하다.

우물가

은혜는 우물로 다가가서 나무 뚜껑을 힘겹게 밀어본다. 아
득한 어둠, 은혜는 아– 아– 소리를 내본다. 자기 이름을
불러보기도 한다.
"은혜야야야야야– 보고싶어어어어 잊지 마마마마"
메아리가 울린다. 미니블루, 주머니에서 나와 우물 테두리
에서 아장거리다가 우물 속으로 빠질 찰라 얼른 은혜가 잡
는다.
우물뚜껑을 닫는데 나무 결이 어룽어룽 무슨 문양이라도 그
리는 듯 움직이는 것 같다. 은혜는 어질어질해 눈을 씻는다.

엄마   (광쪽에서) 은혜야, 좀 도와줘!

은혜   응! 가요!

광 속

엄마, 끙끙거리며 멍석을 꺼내고 있다. 은혜, 말아놓은 멍석
한 쪽을 잡다가 놓친다. 순간 멍석에서 매운 먼지가 풀썩 올
라와 엄마와 은혜 콜록거린다. 아빠, 얼른 멍석을 받는다.

아빠   이건 뭐하게?
엄마   아까워라, 볕 좋은데다 쫙 펼쳐서 고추도 널고, 호박줄거리
         도 널고. 마당만 있었으면! (돌절구를 가리키면서) 여보, 이
         건 가져갑시다. 우리 정원 꾸며요.
아빠   아파트에 무슨?
엄마   베란다 있잖아, 돌확 삼아 아이비를 심자구요. 운치 있을
         거야.
아빠   그럴까?

은혜는 광 안 쪽으로 들어가 본다. 탐험이라도 하듯. 광 맨
안쪽에 세워놓은 병풍이 눈에 띈다. 병풍을 살짝 들춰본다.
순간 병풍 안 쪽에서 아슴하게 빛이 새어나온다. 이때 엄마
가 은혜를 부른다.

엄마   은혜야, 이것 좀 볼래?
은혜   뭐?

172

(제법 큰 나무 소반을 들어 보인다.)

엄마   이거 사진틀로 쓰면 멋있겠지? 동생 태어나면 가족 사진 찍
                어서 여기다 끼우자. 여보! 이것도 차에 실어줘요.
아빠   알겠습니다, 마마ー

대문 앞 빈 터

아빠는 낑낑대며 차 뒷좌석에 다듬이돌, 돌절구, 반쯤은 부
서져 떨어져나간 쇠죽통 등 이런 저런 물건들을 싣는다. 차
트렁크와 뒷좌석, 어느덧 꽉 찬다.

은혜   아빠, 그럼 난 어디 앉아 가?
아빠   자리야 만들면 되지!

다시 마당, 엄마는 광 구석에서 병풍을 찾아내 안고 나온
다. 부른 배를 주체 못해 엉금엉금 기다시피 하면서.
병풍, 먼지가 풀썩 인다. 엄마, 병풍을 열어보려다 손을 내
저으며 관둔다.

엄마   여보, 이거 좀 마루에 올려놔줘요. 닦아야겠어.
아빠   알았어ー. 저 항아리는 어때? 차에 실을까?

엄마	너무 커요! 어디다 놔? 둘 데도 없는데…
아빠	이건 어떨까?

(사기요강을 들어올리는 아빠 손)

엄마	요즘 세상에 요강 쓸 일 있어요? 뭐.
아빠	그렇겠지?
엄마	오늘밤 쓰면 되겠네!

(요강 크로즈 업되면서 장면 전환)

덧마루 - 밤

귀뚜라미 울고, 캄캄한 밤이다. 창호문 곁 덧마루에 놓인 요강 줌인 되고, 창호문에 붙인 한뼘 유리 창을 통해 방안 서서히 확대되어 보인다.

안방

은혜네 가족, 한 이불 속에 누워 있다. 미니블루는 은혜의 머리맡 이동용 플라스틱 어항 속에서 얌전히 잠들었다.

천장엔 쥐 오줌 자국, 가족들 맞은 편 벽 위에 걸린 사진들을 올려다보는 중이다.

은혜	저 할아버진 누구야?
엄마	고조 할아버지.
은혜	돌아가셨어?
엄마	응. 엄마도 못 봤어. 당신은?
아빠	나도 못 봤지.
은혜	저기 저 아줌마는 누구야?
엄마	작은 할머니.
은혜	할머니, 할아버지는?
아빠	저기— 왼쪽 맨 끝에.
은혜	아빠, 엄마 결혼 사진도 있어!
엄마	그래! 그 옆엔?
은혜	내 사진!
엄마	은혜는 할머니, 할아버지 못 봤지?
은혜	응!
엄마	아까운 나이에 돌아가셨어.
아빠	응…… .
엄마	아기가 태어나도 이제 반가와 해 줄 어른 한 분 안 계시는구나. 은혜는 그래도 증할머니 사랑을 담뿍 받았으니 복이 많지?

아빠	…본래 장수하는 집안은 아니지.
엄마	그래서 저렇게 정성껏 수를 놓으셨나? 저 병풍 생각나요?
아빠	응…….

은혜의 상상

방 한 구석 서 있는 밤색 병풍, 은혜에겐 마치 관을 세워 둔 것처럼 보인다. 금새라도 병풍이 끼이익 열리고 거기서 처녀귀신이 한 발자국 나설 것만 같다. 으흐흐, 하면서 얼른 상상을 지우고 엄마 품에 파고든다.

엄마	애가 왜 이래? 여보, 졸려요?
아빠	아니.
엄마	은혜 두 돌 막 지나서 할머님 댁에 내려온 적 있었잖아.
아빠	그랬지.
엄마	그날 눈은 또 얼마나 왔어요? 외풍 때문에 춥긴 또 얼마나 춥던지……. 은혜는 코끝이 빨개져서 기침에, 콧물에…….
아빠	할머님께서 이 병풍을 쳐주셨지.
엄마	서울 갖고 올라가라고 얼마나 성화셨어요?! 아파트에 무슨 외풍이 있다고…….
아빠	다 마음이지 뭐. 은혜야, 저 병풍 속에 뭐가 있는 줄 알아?
은혜	몰라.

엄마	펴봐요, 은혜 좀 보여주게.

아빠, 일어나 병풍을 펼친다.

십장생 병풍

병풍, 여기저기 뜯겨나가 힘받이 천 너덜거린다. 귀퉁이가
떨어져 나간 폭도 있고, 쥐 오줌으로 얼룩진 폭 등 전체적으
로 많이 훼손됐다. 그러나 정성껏 수놓은 것임에는 틀림없
어 수실의 질감과 양감이 아직도 생생하다.

은혜	와-
엄마	아까워라 많이 바랬어. 은혜야, 이 그림이 뭔줄 아니?

은혜, 고개를 젓는다.

엄마	십장생을 수놓은 거야.
은혜	십장생?
엄마	자연에서 가장 오래 산다는 열 가지를 두고 십장생이라고 한단다. 무엇 무엇이 있나 먼저 찾기 내기할까?
은혜	응! 내가 먼저 할게! …거북이! 미니 블루야, 네 엄마 저깄다!

(머리맡 플라스틱 어항 속 미니 블루, 고개를 들어 병풍 쪽을 바라본다. 병풍 크로즈 업)

OS (Off Scene/소리만)

엄마	해!
은혜	달도 있어!
엄마	바위
은혜	저 새는 뭐야?
아빠	학이란다.
엄마	은혜, 반칙이야! 아빠한테 묻는 게 어딨니?
은혜	헤헤. 음, 아직 네 개 밖에 못 찾았어.
엄마	잘 봐. 또 뭐가 있지?
은혜	산!
엄마	그래, 산도 우리 사람보다 오래 살지.
아빠	요즘 산이야 어디 오래 사는가? 골프장이다, 아파트다 있던 산도 사라지고 없던 산도 생기지.
은혜	물도 흐르네? 풀도 있어! 풀은 오래 사나?
엄마	풀이 아니고 불로초야!
은혜	불로초?
엄마	사람이 먹으면 늙지 않고 오래 산다는 약초지.

은혜	…증할머니는 바보인가 봐.
엄마	할머니가 왜 바보야? 돌아가신 분께 그런 말하면 못 써.
은혜	불로초를 먹었으면 오래오래 살 거 아냐.
엄마	불로초는 이 세상에 없는 풀이야, 상상 속에나 있지!

방바닥 요 위

(손가락으로 하나 하나 꼽는 은혜의 모습 줌인)

은혜	거북이, 해, 달, 바위, 소나무, 불로초, 학, 산, 물……. 으응, 아홉 개네. 그럼 한 개가 어디 갔지?
엄마	글세?

(몸을 일으켜 병풍을 자세히 살핀다)

엄마	요깄다! 좀이 슬었나봐? 사슴이 희미하네?
은혜	정말 사슴이 숨어있네? …사슴도 오래 사나?
아빠	맑은 물, 좋은 공기 속에서 마음껏 뛰노니까 오래 살겠지.
은혜	근데 미니블루도 나보다 오래 살아?
아빠	오래 살지!
은혜	나 죽으면 미니블루는 누가 키워주지?

아빠	글쎄?
은혜	아! 내 동생! (엄마 배에 대고 귓속말하듯) 아가야, 미니 블루 잘 부탁해!

엄마, 아빠 웃는다.

아빠	병풍도 실을까?
엄마	다 상했는 걸 뭐. 할머님 무덤가에 가져가 태워드려요.
아빠	그럴까?
엄마	아! 아야야!
아빠	당신 왜그래?
엄마	배가… 배가…
아빠	거 봐, 너무 무리했어.

(엄마, 몸을 뒤틀며 구른다.)

엄마	아이구, 아이구 어떡해. 애가 나오려나 봐. 여보! 나 좀, 나 좀……. 병원에…….
은혜	엄마, 엄마!
아빠	여보! 여보! 정신 차려!

대문 앞 빈 터

아빠, 엄마를 들쳐업고 나와 차에 겨우 태운다. 급히 시동
을 거는 아빠.

은혜   아빠, 나는?

(차 안, 물건으로 꽉 차 은혜가 앉을 자리가 없다.)

아빠   혼자 있을 수 있지? 읍내 병원에 가야 할 것 같아. 아빠가
곧 데리러 올게. 잠시만 혼자 있어, 응?

은혜는 울상인데 엄마의 신음 소리 더 커진다. 아빠, 서둘
러 차를 출발시키고, 은혜 혼자 남는다. 차 달리는 소리 점
차 멀어지고 괴이한 적막. 어디선가 밤새소리만 들린다. 은
혜는 겁에 질려 집안으로 뛰어든다.

마당

고개를 돌리지 않으려고 그리 애썼건만 우물 쪽을 보게 된
다. 우물을 덮어놓은 나무 뚜껑 문양이 소용돌이쳐 오르는

것만 같다. 은혜는 부들부들 떨면서 마루로 조심스레 오른다. 둘러본 집안 역시 괴괴하다. 대문 간 세워놓은 빗자루는 도깨비로 변해 히죽 서 있는 것 같고, 반딧불이 한 개 두개 히뜩히뜩 도깨비불인 양 은혜를 두렵게 한다.

올려다본 들보 위엔 무언가 걸터 앉아 다리를 건들대는 것 같고⋯⋯. 한뼘 열린 행랑채 방문 사이, 옷을 거는 횃대는 귀신이 올라탄 양 좌우로 움직이는 듯⋯⋯. 은혜는 겁에 질려 안방으로 뛰어든다.

방 안

방문을 등으로 가린 채 울음이라도 금방 터질 듯 일그러진 은혜의 얼굴⋯⋯. 흐트러진 요 위에 오롯이 떨어져 있는 골무가 눈에 띈다. 은혜는 얼른 골무를 집어 손가락에 끼운다. 순간 반짝 빛나는 골무. 의지가 되는 듯 골무 낀 손가락을 꼭 쥔다. 문득, 바람 한 줄기 불어 지나자 덜컹덜컹 문이 흔들린다. 은혜는 얼른 문고리를 걸어 잠근다.

은혜의 상상

소리	문 좀 열어줘. 문 좀 열어줘. 엄마다. 문 좀 열어줘.
은혜	엄마? (문고리를 풀려다가) 어디, 엄마라면 앞발을 내밀어 봐.

문고리는 금방이라도 벗겨질 듯 덜컹거리는데 벌어진 틈으로 간신히 발 하나가 쑤욱 들어온다. 털이 부숭부숭한 발

은혜	엄마 발이 아닌 걸?
소리	문 좀 열어 줘, 엄마라니까! 문 좀 열어 줘.
은혜	엄마라면 다른 발을 보여줘.

(이번엔 앙상한 뼈다귀 발이 들어온다. 해골이라도 서서 웃고 있을 듯)

은혜	이건 엄마 발 아냐!
소리	엄마라니까! 착하지? 어서 문 좀 열어다오!
은혜	엄마라면 다른 발을 보여줘!

이번엔 퉁퉁 부은 발 한쪽이 문 틈 새로 쑤욱 들어온다.

은혜	맞아! 엄마 발이야!

반갑게 문을 열려는데 발가락 새로 애써 감춘 발톱, 눈에 띈
다. 돼지 족발이었다! 창호문에 침을 게게 흘리는 돼지괴물
의 그림자, 확대되어 비친다. 은혜는 젖먹던 힘을 다 해 문
을 붙든다. 그리고는 얼른 병풍을 끌어다가 창호문을 가린
다. 병풍에서 장풍이라도 쏘듯 환한 색채들이 빛을 뿜어 어
둠 속 환영들을 물러나게 한다.
은혜, 긴장을 못 이기고 쓰러져 잠든다.

밤하늘

손톱달… 어느 새 산 쪽으로 기울었다. 귀뚜라미 소리 세찬
데 얼마나 지났을까? 다시 누군가 방문을 두드린다.

안방

은혜	으악!
소리	나야, 나!
은혜	누…구?
소리	나라니까?
은혜	…갑산이? 정말 갑산이니?

(침묵)

은혜   갑산아!

(침묵)

은혜   갑산이 아니지?
소리   갑산이 오빠라니까, 씨!
은혜   휴우, 정말 갑산이구나!
갑산   너네 아빠가 우리 집으로 전화했었어. 애기가 태어나려면
          멀었댜. 오늘 밤엔 못 온댜.
은혜   으아앙!(울음을 터뜨린다)
갑산   그래서 내가 왔잖여. 무서우면 우리 집에 갈껴?
은혜   우와앙! (더 크게 운다)
갑산   너 혼자 있어 그럼! 겁쟁이! 나, 간다!

은혜, 얼른 고리를 벗기고 문을 연다.

은혜   갑산아!

갑산은 빈 아기 포대기를 허리에 갑옷처럼 걸치고 서 있다.

갑산	오빠라니까! 씨이 –. 뭐, 이깟게 무섭다고 그랴? (병풍을 건드리며) 이건 뭐여? 너 혼자 신랑각시놀이 허는 겨?
은혜	바보!

(갑산, 건성으로 병풍 속 그림을 본다.)

병풍

갑산	왜 우리 동네 뒷산이 여기 들어앉았어?
은혜	바보!
갑산	풀, 나무, 바위! 뭐, 우리 동네에 다 있는 거여! 저 너머 저수지 가면 요거 남생이도 있어!
은혜	그건 거북이야.
갑산	남생이가 거북이보다 더 귀한 거여.
은혜	흥, 니네 동네에 그럼 불로초 있어? 있어?
갑산	불로초?
은혜	이건 십장생이라고 하는 거야. 봐

은혜, 골무가 끼워져있는 손가락으로 병풍 속 열 가지 십장
생들을 일일이 짚으며 호명한다.

은혜	해, 달, 산, 소나무, 바위, 물, 거북이, 학, 불로초, ···사슴!

순간 부르르 떨리면서 화첩이라도 넘기듯 병풍, 일제히 한 폭 한 폭 넘어가더니 사열이라도 하듯 일자형으로 펼쳐진다. 은혜와 갑산은 놀라 물러선다. 그 서슬에 미니블루가 담겨있던 어항이 쓰러지고, 미니블루, 엉금엉금 기어 나온다. 십장생도, 점차 방안을 둥글게 감싸안듯 크게 펼쳐지면서 민화 속의 빛깔들처럼 비현실적인 색채의 십장생도로 선다.

병풍 속으로

붉고 노란 일월도, 학이 힘차게 날아오른다.
소나무는 비늘잎을 건강하게 내밀고, 물은 콸콸 신명지게 흐른다.
산은 쑥쑥 자라 제 어깨를 넓히고, 비단이끼를 초록으로 차려입은 바위, 무성한 불로초 우듬지 사이로 사슴 한 마리 펄쩍 뛰어 달아나는데 뿔이 중동 없다.
거북이 한 마리 엉금엉금 기어가 바위 뒤로 숨자, 미니 블루 거북이를 따라 병풍 속 풍경으로 걸어 들어간다.
사슴, 달아나며 객석을 향해 머리를 돌리고, 은혜와 갑산의 놀란 얼굴 카메라 가득 잡힌다.

사슴   인간이다! 저만 아는 인간이 나타났다!

병풍 속 폭포가 세차게 흘러 넘쳐 병풍 너머에 선 은혜와 갑산의 발 밑을 적신다.
순간 아름답고 생기롭던 풍경들 일제히 소용돌이치면서 마치 빈센트 반 고호의 붓 터치처럼 생동하며 일어서더니 변화에 변화를 거듭한다.
이제껏 아름답던 십장생도 풍경은 순식간에 지옥도처럼 변하는데…….

풍경은 악몽처럼

폐수처럼 검게 흐르는 물, 산은 모두 헐벗고 파헤쳐졌다.
소나무는 병색이 완연해 이파리를 뚝뚝 떨구는데 종양처럼 자잘한 솔방울이 솟아오른다.
붉은 해엔 불길해보이는 검은 흑점이 점점 크게 번지고, 달빛은 파리하니 멍들었다.
백야처럼 창백한 빛을 띤 허공중에 스티로폼 구름, 둥둥 떠간다. 콘크리트 독을 잔뜩 품은 바위, 형광 거품이 일어 바위를 들먹이고.

머리 네 개 달린 거북이와 헌데 투성이인 사슴…… 사슴은 뿔을 잃고, 기형적으로 길어진 발톱으로 미친 듯 온 몸을 긁어댄다. 발에 감긴 나일론 줄 때문에 금새라도 발가락이 떨어져나갈듯한 학의 울부짖음…… 비틀비틀 이상한 춤을 춰댄다. 뭉크의 절규같은 은혜의 이즈러진 얼굴 크로즈 업. 빠른 속도로 검은 설탕이 녹듯 땅속으로 꺼져가는 갑산의 모습…….

은혜는 갑산을 붙잡으려 애쓰지만 새차게 물 빠지는 하수구 구멍 같은 그 흡인력을 이길 수는 없다.

갑산의 손 끝, 은혜의 신발 한 쪽을 움키는데 땅 밑으로 흔적 없이 꺼지고 만다. 은혜 역시 뒤이어 땅 속으로 빨려들어 간다.

결국 두 아이는 완벽하게 사라지고 만다.

미니블루만이 콜타르같이 짙고 끈적한 물 위에 위태롭게 떠 있다가 급기야는 검은 거품 구멍 새로 구슬처럼 가라 앉아버린다.

지하 도시

부우연 스모그에 뒤덮힌 거대 도시 희부윰하게 밝아온다.

바닥으론 온통 쓰레기 침출수가 흐르고 거품 더미 같은 구름, 하이테크 건물에 부딪쳐 산산이 부서진다.

샹들리에 모양의 인공 태양이 우주선처럼 허공 중에 돌며 빛을 공급하자 스모그 서서히 걷힌다.

순간 화려하지만 창백한 플라스틱 꽃들과 인공 나무들, 기지개를 켜기 시작한다.

이때다 싶어 사람들은 창틀마다 작은 화분들을 내놓는데 화분엔 산소 채집용 특수 바이오 필터가 고깔처럼 달려있다.

은혜와 갑산, 도시의 뒷골목 거대한 공기 청정기 팬에서 뱉어내듯 내팽개쳐진다.

순간 거리엔 외부인의 침입을 알리는 사이렌이 울린다.

두 아이는 이 도시의 공기정화 장치인 팬 너머의 세계로 돌아가려 시도하지만 위협적으로 도는 팬 앞에서 압도당한다.

팬은 더한 속도로 미친 듯 돌아간다. 사이렌 소리.

"오염원이 침입했다! 오염원이 침입했다! 지상으로부터 두 점 침입! 오염원이 나타났다."

미니블루, 그 서슬에 놀라 은혜의 앞주머니에서 머리를 쏘옥 내미는데 머리 끝, 골무가 걸려 달랑거린다.

은혜는 얼른 골무를 빼 부적처럼 손가락에 끼운다.

이때 나타난 경찰차, 은혜와 갑산은 영문도 모른 채 제복을 입은 사람들에게 쫓기기 시작한다.

소리   오염원이다! 잡아라!

스위트 홈 아파트

쓰레기 침출수를 피해 걷고 있는 은혜와 갑산, 한 눈에 몸체를 파악할 수 없을 정도로 큰 대형 아파트 한 채가 막아선다. 쓰레기 더미 위에 위태롭게 선 아파트 단지, 뢴트겐 빛처럼 푸르고 창백한 빛이 창으로부터 새어나온다.

아파트 실내공간으로 화면 서서히 줌인 하듯 들어가자 아예 방독면이 얼굴피부가 되어버린 사람의 모습 보인다.

재롱 떨면서 한 발 한 발 걸음마를 연습하는 아기의 뒷모습, 걸음마를 걷던 아이, 휙 돌아서면 얼굴이 드러나는데 코가 없다.

코 없는 아이들 아파트 창마다 클로즈업된다.

이들은 코가 없이 진화한 걸까?

악몽같은 풍경 위로 기괴하게 흐르는 바이올린 선율…….

'즐거운 곳에서는 날 오라 하여도…… 내 쉴 곳은 집 내 집 뿐이리……'

곰팡이 눈발이 간간이 휘날린다.

이 사슴이 그 사슴이야?

어느 집 창가에서인지 막 여린 잎을 틔운 작은 화분 하나가
빠른 속도로 낙하하고, 어디선가 날 듯이 나타난 사슴 한 마
리 등으로 화분을 받아 바닥으로 사뿐히 착지한다.
사슴은 사슴이건만 뿔이 베어진 자리, 강철로 만든 새 뿔을
이어 붙였다.
사슴은 싸늘한 눈으로 은혜와 갑산을 바라본다.

사슴   여기엔 왜 왔느냐?
은혜   너는… 그때 그 사슴?

(사슴, 은혜를 응시할 뿐)

갑산   야, 임마! 건방진 게! 나 몰러? 내가 너 뿔 베어다줬잖여.
은혜   여긴 어디지? 우린 왜 여기 있는 거지? 우릴 돌아가게 해
        줘!
사슴   내게 또 무얼 원하는 거냐? 나는 너희 인간에게 다 주었다!

사슴의 눈망울에 지난 일이 영상으로 맺힌다.
울부짖으며 사람들 손에 끌려가는 사슴 한 마리, 마치 두릅
의 어린 싹이라도 따듯 사슴 뿔을 마디마디 떼 낸다. 공포

에 떠는 다른 사슴들……. 큰 덩치의 사내들 몇, 쭈그려 앉은 등짝이 보인다. 사슴의 목을 따 흰 사기종발에 피를 받는다. 어린 사슴은 철창 안에 갇힌 채 슬픈 눈으로 이를 바라본다. 어린 사슴의 눈망울, 강철 뿔을 단 사슴 눈망울과 겹쳐지고 두 아이의 눈앞에 있는 사슴, 뒷발을 위협적으로 구르기 시작한다.

강철 뿔을 휘두르면서 여차하면 덤빌 기세다. 이때 멀리서 사슴을 부르는 휘파람 소리 들린다.

순간 빌딩 사이로 날 듯 뛰어 사라져버리는 사슴.

사슴이 사라진 쪽으로 두 아이 발걸음을 뗀다. 은혜와 갑산은 걷다가 아파트단지 뒤에 우뚝 솟은 거대한 공단 건물을 발견한다. 두 아이는 건물 쪽으로 나아간다.

이상한 공장

제품 생산 공장, 거대한 문어머리 모양의 기계가 끊임없이 무언가를 찍어내고 있다. 몸체에 달린 수십 개의 다리는 컨베이어 벨트처럼 생산되어 나오는 제품을 한 칸 한 칸 이동시키고 있다.

가령 냉장고를 예로 들어보자. 첫 생산라인에서 찍어 나오는 냉장고의 몸체는 기본형을 하고 있지만 한 다리 한 다리 건넬 때마다 조금씩 모양이 다른 냉장고로 변한다. 새로운 기능이 추가될 때마다 약간씩 변형을 가하는 것이다. 하지만 그 변형은 냉장고에 붙이는 메모부착용 자석만큼이나 미미한 정도다.

수십 개의 문어다리가 한바퀴 회전을 끝내는 지점, 결국 맨 처음 생산된 냉장고로 회귀해 반복 생산할 수밖에 없는 시스템을 갖추고 있는 것이다.

반복되는 멘트

"기능이 추가되었습니다. 신제품 출시"

"기능이 추가되었습니다. 신제품 출시"

"기능이 추가되었습니다. 신제품 출시"

한 바퀴 생산라인이 순환하고 처음 생산된 냉장고 자리로 돌아오면 인공적인 비닐 의상을 갖춰 입은 도우미들, 활달하게 멘트를 날린다.

"복고풍이 유행하고 있습니다. 최신형 복고풍 냉장고! 복고풍을 구입하세요. 최신형 복고풍!"

'한입만' 편의점

생산라인 일제히 가동을 멈추면, 어딘가에서 숨어 일하던 사람들 개미처럼 여기 저기서 쏟아져 나온다.

사람들, 공단 입구 모퉁이에 있는 편의점으로 몰려간다.

이곳은 '한입만 편의점'이다.

사람들 미친 듯이 포장을 뜯고 음식물을 맛보는데 오직 한 입만 맛본다.

흰개미군단의 습격이랄까, 편의점에 쌓여있던 음식물들 순식간에 쓰레기로 돌변하고 여기 저기 일회용 용기들이 어지럽게 널린다.

바닥에 흘린 음식물을 탐식 하다가 토하거나 배 터져 죽는 비둘기 떼들…….

하수구 새로 삐져나온 한입만 먹힌 생선들…….

은혜와 갑산 코를 감싸쥐며 쓰레기들을 피해 걷는데 어딘가에서 쿵작쿵작 고적대 소리 들린다.

여왕의 등장

빌딩 숲 사이로 언뜻 얼굴을 내비치는 거대한 마트료시카 인형 보인다.

지하도시에 고조되는 축제 분위기, 가장행렬이 시작되었다. 카니발 카는 우리 꽃상여를 어딘지 닮았다. 단 꽃상여가 아니라 쓰레기로 덕지덕지 장식한 쓰레기상여다. 이 상여가 축제의 카니발 카인 것이다.

사람들은 여기 저기서 마트료시카 분장을 하느라고 한창이다. 거리는 온통 복제라도 하듯 똑같은 모습으로 분장을 한 사람들로 발딛을 틈 없다.

두 아이는 얼이 빠진 듯 축제 행렬을 구경하는데 각종 깡통 및 고철덩이들, 쓰레기로 장식한 카니발 카 차량이 전차처럼 길을 점령하듯 전진한다.

대형 인형 어깨 위에 인형과 꼭 닮은 여왕이 자랑스레 서 있고, 여왕의 어깨 위엔 고슴도치 늘쌤이가 그 소란에도 불구하고, 졸음에 빠져 있다.

여왕	사랑스런 나의 늘쌤아, 이 세상에서 누가 제일 오래 살까?
늘쌤	(귀찮은 듯) 여왕님!
여왕	이 세상에서 가장 영원한 나라는 어딜까?
늘쌤	여왕님 나라!

여왕, 만족한 듯 크게 웃는다. 이때 어느 건물의 한 창가에서 어렵게 꽃을 피운 화분 위로 비틀비틀 며칠 굶은 나비가 애처럽게 날아든다. 여왕은 탐욕스런 눈을 반짝인다. 여왕, 졸고 있는 늘쌤이 등에서 바늘을 하나 뽑는다. 그 서슬에 놀란 늘쌤이, 부르르 바늘 털을 털며 일어난다. 여왕, 늘쌤이의 바늘로 나비를 콕 찍어 자기 가슴을 장식한다.

여왕	호호호호, 드디어 홍점알락나비는 다 내 거야! 오늘로 완죤히 멸종됐어! 박멸! 늘쌈아, 우린 이제 부자가 될 거야. 그치? 마지막으로 살아있는 한 마리를 다 우리가 채집하고, 박제하면 어떻게 될까? 사람들은 우리 궁전에 와서 돈을 내고 구경해야 하겠지? 우린 부자가 되는 거야! 호호호호!

이때 카니발 카 선두에 서서 위협적으로 채찍을 휘두르며 길을 내던 여왕의 하수인 눈에 갑산과 은혜 들킨다.

하수인	오염원이다! 오염원이 여기 있다! 다른 도시에서 온 침입자다! (다급한 호각소리)

사람들, 홍해가 갈라지듯 좌악 갈라선다. 방독면을 하고 무장한 이들이 은혜와 갑산을 잡으려고 달려든다.
갑산과 은혜, 우왕좌왕 좌충우돌 도망가느라 난리인데 긴 채찍 은혜의 몸을 휘감을 듯 내려친다. 은혜, 엉겁결에 골무 낀 손으로 채찍을 막는다. 순간 채찍은 부드러운 덩굴손으로 변한다. 덩굴엔 오렌지 빛 능소화가 만발한다.

은혜	요술 골무네?

쓰레기로 장식한 카니발 카는 순식간에 초록빛 싱싱한 풀

들과 알록달록한 꽃으로 뒤덮이는데… 지하 도시 사람들, 가쁜 숨을 쉬며 여기 저기 기절하기 시작한다.

소리   (사이렌) 산소 과다 유포! 숨을 막아! 숨을 쉬지 마! 이 지역에 산소가 과다 유포되고 있다. 시민들은 대피하시오! 대피하시오!

여왕   저 꼬마들을 잡아! 저 것들이 내 왕국을 오염시키다니! 잡아!

이때 빨간 플라스틱 코를 달고 루돌프 사슴이라도 되는 양 카니발 카를 장식하고 서 있던 사슴, 얼른 뛰어내려 대형 마트료시카 인형의 드레스 속으로 은혜를 밀어 넣는다.
갑산은 아기포대기가 걸리작거려 도망도 제대로 못 가보고 경비대에게 잡히고 만다. 갑산, 어디론가 끌려간다.

갑산   놔유! 이거 놔유! 은혜야, 은혜야!

드레스 속 분장실

인형 드레스 자락 속에는 분장실이 갖춰져 있다. 그 속엔 무수한 사람들이 여왕처럼 마뜨료쉬까 모양으로 꾸미느라 야단이다. 분장사들, 은혜를 거울 앞에 앉히고 기계적으로 재빨리 페이스페인팅을 한다.

은혜, 얼떨떨한 채 자동인형처럼 다음단계인 드레스 치장 단계로 넘어간다.

이제 여왕 시리즈 중 하나로 완성되었다.

트럼펫 울리면 일제히 벼룩이라도 기어나오듯 드레스 자락 밑에서 여왕을 흉내낸 사람들 뽀르르 나타나고, 축제의 하이라이트를 알리는 폭죽 화려하게 터진다.

여왕 납시오!

여왕, 멸종된 딱정벌레의 등딱지를 이은 카펫을 밟으며 등 장한다. 거대한 몸집을 쿵쿵거리며. 걸을 때마다 카펫이 딱 딱 부서지는 소리 요란하다.

대형 마트 간판에 수천 개의 불 들어오면, 마트 입구에 세운 지구모양의 장식 풍선들 아치형으로 세워져 있다. 여왕은 날 카로운 손톱을 들어 이 풍선들을 탕탕 터트리며 입장한다.

멸종 동물과 멸종 식물을 새긴 만국기 펄럭거린다.

故 장수하늘소, 故 명주나비, 故 쇠똥구리 하는 식으로 프린 트 된 만국기들……. 모두 여왕의 수집품이 된 것이다.

축제의 하이라이트, 쇼핑 퀸 뽑기 대회

연미복을 잘 차려입어 바퀴벌레처럼 보이는 사회자가 등장

사회자   자, 지금부터 축제의 하이라이트! 쇼핑 퀸을 뽑는 대회를
                      시작하겠습니다.

                      여왕으로 꾸민 사람들, 일제히 출발선에 선다. 여왕 역시
                      쇼핑카트를 앞에 두고 선다. 그러나 금을 밟았다. 사회자,
                      주의를 준다.

사회자   여왕님, 금 밟았는데요?

                      여왕, 쫘악 노려보더니 손가락 끝 레이저 광선으로 사회자
                      를 태워 없앤다.
                      모두 공포분위기……
                      여왕은 늘쌈의 등에서 바늘을 뽑아 대형풍선을 향해 던진
                      다. "탕!" 풍선 터지는 소리, 출발신호인 것이다. 대형 풍선
                      속에서 거대한 아귀 입이 그려진 깃발 나부끼고, 사람들은
                      미친 듯 질주하기 시작한다.
                      사람들 진열장마다 꽉꽉 들어찬 물건들을 정신없이 쇼핑카
                      트에 담는다.

은혜 역시 이 경주에 참가하는데 다른 참가자들처럼 이상한 열기에 휩싸인다. 은혜도 지하도시의 사람들이 그러하듯 망설임 없이 한입 베고 버리고, 한 입 베고 버리면서 앞으로 나아간다.

시식코너

접시마다 무언가 둥글고 젤리같은 것이 수북히 담겨져 있다. 크기가 각각 다르다.

메기입 점원   시식 코너입니다, 시식 코너예요! 싱싱할 때 시식 좀 하고 가세요!

여왕, 쇼핑을 잠시 멈추고 시식코너에 나온 음식 앞에 선다. 늘쌈이의 등에서 바늘을 탁 잡아채 뽑는다.

늘쌈이   우왕—

늘쌈이는 지겹다는 듯 고함 질러보지만 별 수 없다. 체념한 듯 다시 여왕의 어깨 위 납작 잠드는 늘쌈이.
여왕은 늘쌈이의 등에서 뽑은 바늘로 음식들을 요거 조거

맛본다.

여왕   음, 요건 개미알! 새콤하군! 전채요리로는 최고지! 음, 이건 도롱뇽알? 깔끔한 것이 입맛에 맞아! (바늘로 콕콕 집어 올리며 널름널름 먹는다) 개구리알, 상어알, 넓적부리도요새 알! 호호웅, 맛있어!

늘쌈이의 바늘 하나를 더 뽑아서 만족한 듯 이를 쑤신다.
또 화들짝 놀라고야 마는 늘쌈이. 시식코너에서 얼쩡거리는 동안 여왕은 게임에 불리해졌음을 느낀다. 다른 사람들은 모두 자신의 쇼핑카트를 산만큼 채운 것이다.

여왕   헹! 질 줄 알고!

여왕이 주문을 걸자 여왕의 몸, 두 동강으로 갈라진다. 그 속에서 뛰쳐나오는 여왕의 분신, 다시 이 분신이 갈라지고, 또 다른 분신, 또 다른 분신의 뱃속 갈라지면서 또 하나의 분신……. 수가 계속해서 증폭된다. 분신들은 다른 사람들을 압도한다. 팔이 쭉쭉 늘어나 진열대 위 상품을 집는 분신들, 손아귀는 대형 가래만큼 커져 물건을 쓸어 담는다.
쇼핑카트는 물론 자기 뱃속에 물건들을 가득히 채워 넣는 분신들.
물건이 부서지고, 음식물이 문드러져 흘러내리는데도 아랑곳 않고 쌓는 여왕과 그 분신들…….

여왕	오, 내 안엔 내가 너무도 많아!
소리	네, 오늘도 여왕님 승리! 여왕님께서 승리하셨습니다!
	환호소리 커진다.

대형 멀티 비젼 – 아기가!

마트의 한쪽 벽을 장식한 대형 멀티 비젼 화면 가득 여왕의 깔깔 웃는 모습 떠오른다.

| 소리 | 오늘의 우승자 여왕님께는 쇼핑퀸을 증명하는 상장과 트로 피를 드립니다. 그리고 쇼핑카트에 가득 담긴 이 음식물을 다 먹어치울 만큼 건강한 아기 하나를 부상으로 준비했습니다. 택배맨 황새, 택배맨 황새 나와주세요. |
| 황새 | 아, 아, 마이크 시험 중! |

입을 쩍쩍 벌리는 황새, 검은 비닐봉지 하나를 우편가방처럼 날개죽지에 맸다. 오프닝 장면에서 은혜와 눈이 마주친 그 황새다. 황새의 목구멍 새로 아직 덜 넘어간 갈겨니, 피래미 등이 보인다. 꿀꺽 마저 삼킨다.

| 황새 | 여기는 지상의 한 병원, 아기가 태어나기를 손꼽아? (자기 |

날개를 보고는) 날개 치며! 고대하고 있습니다. 아기가 아직 결정을 못 내리고 있는 눈치군요. 아기님, 아기님, 대답해주세요.

(태중의 아기, 꼼지락 꼼지락 답이라도 하듯 움직인다.)

황새   아기님, 지하도시의 시민들이 손꼽아 기다리고 있습니다. 여왕님의 편안한 요람도 기다리고 있지요! 어서 결심하시지요!

(아기, 손가락 발가락을 기지개라도 하듯 쫘악 편다.)

황새   결심 하는 대로 오늘의 우승자 여왕님 앞으로 고속 배달해드리지요. 저 황새는 아주 오랜 세월 동안 지구상의 이쪽 저쪽 아기들을 날라봤습니다만, 이처럼 오래 기다리게 하는 아기는 첨이군요.

(화면에 침대 위에서 난산의 고통을 겪고 있는 은혜의 엄마 모습 떠오른다.)

은혜   엄마!

204

소리1(간호사)	아기가 안 나오려 해요. 왜죠?
소리2(의사)	조금만 힘을 주세요, 조금만 힘을!
엄마	으아아악!

(이때 여왕, 주문을 건다.)

여왕   아가야, 조금만 버텨다오. 조금만 버텨! 조금만 버티면 이 지하왕국으로 고속 전송될 수 있어. 아기야, 태어나지 마라! 네가 태어날 곳은 살만한 곳이 못 돼! 자, 보렴!

(손가락을 튕기자 반대편 벽의 전광판에 다음과 같은 영상이 뜬다. 배경음악으로 루이 암스트롱의 '원더풀 월드'가 흐른다.)

원더풀 월드

석유를 뒤집어 쓴 물새 떼
거대한 방조제 아래 죽어가는 갯벌의 동식물들
사막화의 진행
해변에 밀려와 살이 썩어 죽어가는 고래, 숨이 넘어가는 순간의 마지막 눈빛…… 태아의 눈빛에 오버랩 된다. 태아는 몸을 최대한 웅크린다.

여왕   그래, 어서 이곳 지하도시로 오렴, 이곳은 불로불사의 왕국! 잘 방부된 도시! 영원한 삶이 기다리고 있단다!

       (태아, 답이라도 하듯 몸을 한바퀴 돈다. 엄마의 비명소리)

은혜   안돼! 내 동생이야! 나와! 어서! 엄마랑 아빠가 기다리고 있어. 내가 널 기다리고 있어!

       (영상 속 아기, 움찔한다.)

여왕   저 아이를 잡아!

       사람들, 은혜를 잡으려 덤빈다. 그러나 은혜는 똑같이 여왕 분장을 한 사람들 틈에 숨는다.
       이윽고 쇼핑 마트는 달아나는 은혜와 잡으려는 여왕의 하수인들로 아수라장이 된다. 화면 속의 아기, 다시 엄마 뱃속에서 뱅글 한바퀴 돈다. 엄마의 비명소리······.

은혜   엄마!

206

야채 코너

여왕은 은혜를 찾아낸다. 여왕이 손가락으로 지목하자 당
황한 은혜, 유전자 조작 야채코너로 도망친다. 은혜는 거의
플라스틱화된 기이할 정도로 싱싱한 야채를 집어 경비대를
향해 던진다. 그러자 야채들, 가지와 줄기를 내뻗어 은혜
를 보호해준다. 요술골무 덕인 것이다. 사람들은 코를 틀어
막기 시작한다. 사슴만이 한 발자국 나아가 넝쿨잎을 한 입
맛본다. 황홀한 표정의 사슴 크로즈 업.

은혜가 다급한 중에 콩깍지 한쪽을 건드리자 콩깍지는 작두
콩만큼 커지고, '재크와 콩나무' 동화에서나 볼 수 있을 성장
속도로 빠르게 넝쿨을 뻗는다. 은혜는 넝쿨을 타고 오르기
시작하는데 아뿔사, 손가락에서 골무가 떨어진다. 순식간에
시들어 떨어지는 콩넝쿨, 은혜도 굴러 떨어지고 만다.

골무는 마트 진열장 저 밑으로 사라졌다. 경비대와 사람들
은 은혜를 잡느라고 혈안이 돼 이를 미처 알지 못한다.

고슴도치 늘쌈이만이 힐끗 골무가 떨어진 곳을 눈으로 확
인한다.

은혜는 결국 경비대에게 잡혀 끌려간다.

은혜   아가야, 태어나! 얼른!

한 줄기 눈물이 흐르고 여왕 분장이 지워져 맨 얼굴이 드러
나는 은혜의 모습.
늘쌈은 소란한 틈을 타, 진열장 밑으로 뽈뽈 기어 들어가더
니 요술골무를 주워 나타난다.
'헹! 요건 내 거야' 하는 표정으로 골무를 머리에 쓰는 늘쌈
이의 모습.

여왕   늘쌈아! 늘쌈이 어디 갔쩌?

늘쌈이, 골무를 벗어 뱃가죽에 쓱쓱 닦더니 빼앗길까봐 배
주머니 속에 얼른 감춘다.
'헹!' 하는 늘쌈이의 표정 클로즈 업 된다.

여왕의 퇴장

여왕   자, 합체!
           (빠른 속도로 분리되었던 분신들 여왕의 뱃속으로 차곡차
           곡 들어와 앉는다. 여왕의 배 닫히고 다시 거대한 여왕의
           모습)

여왕   내 안엔 내가 너무도 많아! 그치?

늘쌈이, 심드렁하게 끄덕여주면 만족한 듯 끄억 트림을 하면서 쿵쿵 걸어나가는 여왕의 뒷모습이 화면을 가득 채운다.

갑산의 행방 — 여왕의 박물관

몇 천 개인지도 모를 유리관들, 유리관 속에는 여왕이 멸종시킨 동물들이 잘 방부처리 되어 갇혀 있다. 유리관은 다른 유리관을 비추고 다른 유리관은 또다른 유리관을 비추는 식으로 거대한 시험관의 인드라망 그물 펼쳐지는데…….
갑산, 자기 키보다 긴 주사기로 끙끙대며 유리관에서 오래된 방부액을 빼고, 새 방부액으로 갈아주는 일을 한다. 갑산은 마술이라도 걸렸는지 흐리멍텅 기계적으로 일하고 있다. 포대기만은 허리에 느슨히 두른 채.

은혜의 행방 — 우물 감옥

엘리베이터처럼 내려가는 두레박, 바닥에 닿자 경비대들, 은혜를 바닥에 던져놓고 다시 올라간다.

공중소리   귀여운 꼬마야, 넌 이제 여왕님의 분신이 될 거야. 여왕님의 몸 속, 가장 안쪽 방에서 살아가게 될 거다. 문신을 새길 때까지 얌전히 지내도록!

은혜   어떡해! 내 얼굴에 저 끔찍한 여왕의 문신이 새겨질 거야. 어떡해! 도망가야 해! (우물 입구를 올려다보며 한숨) 요술 골무만 있더래도……. (기운이 쭉 빠진다) 미니블루야, 갑산이는 잘 있을까? 이렇게 앉아 기다릴 수만은 없어. 미니블루, 나가는 길을 찾아보자!

우물 바닥은 사방 여러 갈래의 출구와 연결되어 있다. 은혜, 이쪽 저쪽 길을 가보지만 절벽과 만나거나, 세찬 물소리가 나기도 하고, 끝을 알 수 없는 어둠이 있는 등 도무지 길을 찾을 수 없다.
은혜의 난감함에는 아랑곳 않고 미니블루 작은 웅덩이를 발견하고는 물장난에 열중이다.

은혜   미니블루, 뭐해?

(손가락으로 집어 올리려고 하자 완강히 거부하는 미니블루, 무언가를 쫓고 있다. 애-잉 하는 모기소리)

모기   애-잉, 이 거북이가 네 것이냐?
은혜   넌 누구니?

모기	나는 지하도시의 지하를 다스리고 있는 여왕! 다들 모기마마라고 부르지.
은혜	모기마마?
모기	(미니블루에게) 저리 비키거라. 저리 안 비키느냐?

(미니블루, 성가셔서 고개를 외로 튼다)

모기	얘는 너의 장난감이냐?
은혜	미니블루는 내 친구야! 근데 넌 말투가 왜 그러니?
모기	내 속엔 왕의 피도, 거지의 피도 다 흐르고 있지만 나는 늘 왕의 피로 말하노니, 예를 갖추도록 하라!
은혜	뭐, 이런 모기가 다 있어?
모기	건방진 말투구나! 어서 예를 갖추라. 내가 얼마나 오래 산 모기인 줄 아느냐? 네 조상의 조상, 그 조상의 조상까지 모두 내 안에 있느니라.
은혜	흥!
모기	흐응? (다급하게) 얘, 얘 좀 잡아다오. 네 장난감이 내 아기들을 다 먹어치우고 있다! 안 보이느냐?
은혜	미니블루!
모기	오, 내 귀여운 새끼들을! 내 귀여운 새끼들을! (흥분해서 숨이 넘어간다) 애-이-잉!

(미니블루는 아랑곳 않고 웅덩이에서 첨벙거리며 모기유충 장구벌레를 탐식 중이다.)

모기	아아, 이런 참변이 있나? 어서 멈추게 하라. 어서! 내 아기들을 살려주면 네 소원을 들어주마.
은혜	소원? 좋아! 미니 블루, 이럼 못써! (미니블루를 집어 주머니에 넣는다)
모기	고맙구나. 네 안엔 착한 아이의 피가 흐르겠구나. (입맛을 다신다)
은혜	(놀라 팔을 훼훼 저으며) 너- 은혜를 이렇게 갚는 거야?
모기	애-앵, 참! 짐이 잠시 체통을 잃었도다! 그래 너의 소원이 무엇이냐?
은혜	여기서 나갈 수 있는 길을 가르쳐 줘!
모기	좋다! 따라오너라.

모기를 따라 은혜 길을 나선다. 어둠 속에서 모기의 앵앵거리는 소리, 훌륭한 길잡이가 된다. 희미하게 빛이 보인다. 출구다. 출구 근처에 붙어있던 모기마마의 부하들, 애앵 소리를 내며 몰려든다.

| 모기 | 그만 그만! 우리한테는 은인이시다. 길을 내어라! |

(모기들 양 갈래로 쫘악 갈라져 다시 하수도관 벽에 달라붙는다.)

은혜   (혼자말로) 모기같은 건 왜 있나 모르겠어?

모기   (한숨 쉬며) 모기가 왜 있느냐구? 에끼 고얀 것! 내가 왜 있을까? 잘 들거라. 물은 흘러야 한다, 알겠느냐? 나는 고인 물에만 아기를 낳지. (제문이라도 읽듯) 사람들한테 물은 흘러야 하느니라, 경각심을 주기 위해 죽음을 무릅쓰고 달려들다 희생된 일족이 몇이더냐? 물은 흘러야 하느니라, 알겠느냐?

은혜   (고개를 끄덕인다) 어쨌든 고마워.

모기   잘 가거라! 우리 모기 일족은 한 번 은혜를 입으면 피를 이어서 보은을 하느니라. 어려운 일이 있으면 도움을 청하거라. 내 힘을 다해 날아가리라.

은혜   어떻게 부르면 되지?

모기   (날개를 접어 합장하며, 주문처럼) 물은 흘러야 하느니라ㅡ.

은혜는 인사하듯 가볍게 손바닥 위에 착지 한 뒤 날아가는 모기마마를 향해 손을 흔들어 작별인사를 보낸다.

사슴, 다시 만나다.

은혜, 하수도관을 막 나와 눈이 부시다. 갑산을 찾기 위해 방향을 트는데 착시인 양 사슴 한 마리 서 있다. 사슴은 하수도관 근처에 자란 한 줌도 안 되는 이끼를 뜯어 먹고 있다.

은혜   사슴아! (사슴을 반가이 안는다. 사슴 물러서려 하지만 마지못해 은혜에게 안긴다) 고마워. 니가 나를 구해줬는데 결국 잡히고 말았어. 헤헤, 이렇게 다시 도망쳤지만!

사슴   ………. (우물우물 젖은 이끼를 씹으며 여전히 냉랭한 반응)

은혜   사슴아, 갑산이를 못 봤니? 갑산이를 구해야 해. 가르쳐 줘. 갑산이는 어디 있지? 좀 도와줘!

사슴   …넌 내게 뭘 줄 수 있지? 여왕은 내게 영원한 뿔을 줬어. 이제는 아무도 내 뿔을 어쩌지 못 해! (무게에 흔들려 약간 휘청한다, 혼잣말처럼) 관절염이 좀 생기긴 했지만……. 넌 뭘 줄 수 있는데?

은혜   뭘 원하니 사슴아?

사슴   영원한 뿔을 얻었지만… 여기도 내가 살고 싶은 세상은 아니야. 너로 인해 신선한 콩넝쿨을 먹게 된 다음부터 이상한 병이 들었어. …맑은 이슬을 마시고 싶어, 향그런 풀을 씹고 싶어, 푸른 하늘을 향해 차오르고 싶어. 초록빛 숲 속을 달리고 싶어. …넌 내게 줄 수 있니?

은혜   지상으로 나가는 방법만 알면 너를 데리고 나갈게. 네가 살고 싶은 세상을 만들어줄게. 약속해. 니가 행복한 세상이면

나도 행복할 거야. 갑산이한테 데려다 줘! 갑산이를 구한 다음에 여기를 탈출하자!

사슴, 망설이다 은혜를 등에 태운다. 날듯이 어디론가 달려가는 사슴, 사슴이 박차고 달려가는 길은 어디에도 한 뼘 흙 없이 들쭉날쭉한 보도 블록 뿐.

여왕의 궁전 − 자연사自然死 박물관

거대한 거울 벽을 마주보고 선 여왕의 뒷모습 보인다. 여왕은 마치 옷을 가봉이라도 하듯 팔목에 늘쌈이를 차고, 늘쌈이의 등에서 바늘을 뽑아가며 생물 표본을 완성중이다.

여왕   호호호호, 요 탄력 좀 봐! 이 지상의 마지막 무당개구리의 뒷다리야. 늘쌈아, 영광이지 않니? 네 바늘로 인류 최후의 개구리를 보존하는 거란다. (늘쌈, 죽은 듯 웅크리고만 있다) 호호호호, 요건 마지막 매미의 심장! 호호호호, 요건 지구 최후의 기도하는 버마재비! 호호호호! 나의 왕국은 불로불사의 왕국! 이제 세상은 사라지고 내 궁전에만 완벽한 표본으로 남게 되는 거야. 귀여운 아기만 채우면 내 박물관이 완성된다는 말씀! 근데 황새는 뭘 하는 거야?

(핸드폰으로 황새와 연결한다. 화상통화)

여왕　　　황새! 너 뭐하는 거니? 왜 이리 늦장이야?

황새　　　영원히 피는 꽃, 영원히 지지 않는 나라, 여왕님 왕국! 충
　　　　　성! (한쪽 날개를 들어 경례한다)

여왕　　　너 뭐하는 거니? 전번처럼 니가 기르겠다고 중간에서 아기
　　　　　를 가로 챈 것은 아니겠지?

황새　　　여왕님, 말이 나왔으니 말씀인데요. 이번 아기는 나 줘요!
　　　　　나도 잘 기를 수 있다구요. (부리 속에서 물고기를 토해놓
　　　　　으며) 봐요, 나도 아기를 길러보고 싶어요.

여왕　　　허튼 소리 그만 해! 얼른 그놈의 아기를 내게 데려오란 말야.

황새　　　히잉- 욕심쟁이!

(핸드폰을 꺼버린다. 빈 화면만 떠오른다.)

여왕　　　이걸 그냥! 아이구, 부글부글 끓는구나! (성질 나쁜 여왕은
　　　　　제 분을 이기지 못해 늘쌈이의 등에서 사정없이 바늘을 잡
　　　　　아뗀다. 늘쌈이, 아파서 비명을 질러보지만 아랑곳없다. 여
　　　　　왕은 바늘을 다트 송곳처럼 던져 다른 쪽 벽면의 박제물을
　　　　　부수고 그제서야 진정되는지 숨을 몰아쉰다. 여왕은 팔목
　　　　　에서 늘쌈을 떼어 던져놓고 나가버린다. 늘쌈 바늘쌈지처
　　　　　럼 구석으로 굴러떨어진 채 죽은 듯 웅크려있다. 갑산, 접

시를 들고 나타난다)

갑산   자, 저녁식사여. 묵어!

(늘쌤, "캬악!"하며 갑산에게 괜히 심술을 피운다.)

갑산   묵으라니께.

(늘쌤 앞에 놓인 접시엔 지렁이, 애벌레 모양의 마이구미 젤리가 가득 놓여있다.)

갑산   여긴 살아있는 거라고는 하나도 없구먼. (접시를 가까이 밀어주며) 지접쟈? 만날 이런 가짜만 먹으라니. 보여주고싶구만 그려. 보드럽고 구수한 흙이랑 맛난 지렁이, 향기로운 산더덕 뿌랭이⋯⋯. 도라지 꽃망울을 터뜨리면 또 을마나 재밌는댜!

(늘쌤, 신경질적으로 와구와구 젤리를 먹어치운다.)

갑산   늬 집 치워놨어. 톱밥을 깔었으니 플라스틱 맨 바닥보다는 기분이 좋을 것이여.

(늘쌈이, 힐끗 갑산을 본다.)

갑산　　　　난 일하러 갈 거. 잘 자!

(갑산, 농약 분사통을 지고 방을 나선다.)

죽은 방

갑산은 시들어 가는 나무들 끝에 달린 고치에게 방부액을
분사하고 있다.
나뭇잎 끝에 슨 귀여운 알들이 플라스틱처럼 번들거린다.
갑산은 약에 취해 기계적으로 액을 뿌려댄다.
갑산, 지독한 방부액 분무 속에서 환상을 본다.

갑산의 환상

배추밭. 노란 꽃들 사이로 흰나비, 노랑나비, 호랑나비 분
분이 날린다. 어린 갑산과 머릿수건을 쓴 엄마……. 밭일
을 하는 엄마 위, 갑자기 나비떼들 너덜너덜 헤진 날개로 낙
하해 무덤 모양으로 뒤덮는다. 갑산의 머리 위로 나풀 나풀

떨어져 상중 리본을 만드는 흰 나비⋯⋯.

소리   갑산아 안 돼!

           (갑산, 쓰러진다.)

은혜   갑산아! 정신 차려!

           (디졸브 된다.)

해후

은혜   정신 드니?
갑산   여길 으뜨케 찾은거?
은혜   사슴이 도와줬어.
갑산   (은혜의 어깨 너머 사슴의 얼굴 보인다) 짜식- 정신차렸구먼!

           (사슴은 외면한다.)

은혜   내 동생, 왔니?
갑산   아니. 그치만 곧 올 건개벼. 유리관 하나를 비우라 하더만.

거다 아기를 가둘 거여. 영원히. 방부액을 쳐넣고 영원히,
구경거리로 만들 거여.

은혜   어떡해? 아기를 구해야 돼!

갑산   그랴!

은혜   어떻게 하면 되지?

갑산   음… 여왕이 곧 최후의 설득을 할 거여. 전광판을 켜서 또
끔찍한 세상 풍경을 펼쳐보일 거란 말여. …우리, 아기헌티
다른 시상을 보여주는거!

은혜   어떻게?

갑산   내가 여왕의 비밀 작업실을 알어놨응께, 거 가면 뭔가 방법
이 생길 거여. 어여 가!

작업실 – 죽음의 십장생도

여왕, 화가처럼 거대한 캔버스를 노려보듯 십장생도를 노려
보고 있다. 여왕이 보고 있는 십장생도는 입체감을 살린 퀼
트형 걸개그림으로 제작되어 부조같은 느낌을 준다.

여왕   이런 걸로 내 박물관을 장식할 수야 있나!

여왕은 늘쌈이의 등에서 사정없이 바늘을 뽑아 전동 드릴

에 부착해본다. 하지만 바늘 굵기가 너무 가늘자 다시 늘쌤이의 등짝에서 바늘을 몽창 뽑아 바늘심을 채운다. 늘쌤이는 등짝이 얼얼하여 울상이다. 원형탈모증환자처럼 가운데가 동그랗게 빈 늘쌤이의 등짝이 애처롭다. 늘쌤, 더 필요없다는 듯 내팽개쳐진다.

여왕, 전동드릴로 드르륵 드르륵 십장생들을 찢어 발기기 시작한다. 천조각들 이리 저리 날린다.

여왕 　호호호호, 새로운 십장생도를 만들겠어! 내 박물관에 어울리는 십장생도를 완성하는 거야. 새로 오는 아기한테 멋진 환영의 선물이 될 거야. 호호호호.

본래의 십장생들 하나 하나 떨어져나가고, 그 자리에 여왕은 새로운 십장생들을 손가락 레이저로 초고속 기계수 놓듯 재빠르게 콜라주해간다.
납빛 해, 수은 달, 형광거품이 이는 물, 스티로폼 구름, 플라스틱 나무, 시멘트 바위, 일회용 용기로 쌓은 산, 핵폐기물 등등. 풍경 가운데 아기가 담긴 유리관이 놓일 자리가 뻥 뚫린듯한 실루엣 처리로 기괴하게 비어있다. 마지막으로 여왕은 흰 공작 박제물을 가져와 십장생을 장식한다. 공작의 유리눈이 섬찟하다.

여왕	아기야, 멋진 세상이지? 어서 이리 오렴. 네 자리가 비어있단다! 영원히 죽지 않고, 영원히 순환되지 않는 멋진 세상 아니니? 호호호호!

여왕 퇴장하고, 은혜와 갑산 작업실로 몰래 들어선다. 두 아이 코를 감싸쥔다. 어둠 속에서 희미하게 벽면에 붙어있는 갖가지 유리관과 아무렇게나 방치해있는 새장, 우리 같은 것들을 본다. 그 속에는 여왕이 채집한 날벌레들, 조류들, 동물들이 지쳐 널부러져 있다.

갑산은 먼저 갈기갈기 찢겨진 십장생도 원본 조각들을 줍는다. 때묻은 구름, 만신창이가 된 동산, 구멍이 뻥 뚫린 보름달 등등.

은혜	(보름달 조각에 머리를 넣어보고는) 우주선이 지나갔나?

(갑산, 구석에 웅크린 늘쌈이를 본다. 바늘이 뽑힌 등짝, 연한 분홍빛 살이 내비친다)

갑산	(웃음을 참지 못하고) 푸후후후! 너, 인제 보니 닭살이구먼!

(늘쌈이, 성을 낸다. 몇 가닥 남은 바늘털을 곤추세우는 늘쌈이)

갑산	미안, 미안!

(늘쌈이, 갑산의 어깨를 철퍽 올라타고 호소하듯 갑산의 어깨를 치며 운다.)

갑산	속상했겠구먼!

(늘쌈이 창피해서 못견디겠다는 양 골무를 꺼내 머리에 뒤집어쓰는데…)

은혜	어? 내 골무!

(늘쌈이에게서 골무를 벗겨 손가락에 끼워본다. 새로 바늘털이 돋기 시작하는 늘쌈……. 골무 반짝 빛을 발한다.)

은혜	휴우, 다행이다. 골무를 찾았어!

(늘쌈이, 아쉬운 듯 바라본다.)

은혜	좋아! 내 동생한테 멋진 세상을 보여주는 거야. 골무와 함께라면 해낼 수 있어!
갑산	좋았어!

대청소

갑산   자, 서둘러!
            갑산은 십장생 복원에 필요한 천조각들을 골라놓는다. 갑
            산이와 은혜, 힘을 합쳐 천조각들을 뺀다. 워낙 대형 캔버
            스이므로 천조각이 웬만한 이불만큼 크다.

환타지 – 대청소

            이 장면은 사실감보다 환타지로 연출된다. 마치 신화 속 삼
            승할망이 제주 섬을 쓸고 닦듯 두 아이는 푸른 대해에 발목
            을 담그고 자연을 대청소를 하는 중이다. 잿빛 구름을 이불
            솜 빨래하듯 시원하게 빨아널고, 바위를 박박 닦는 등 열심
            인 것이다. 사슴도 달아나려는 구름을 물어다 주는 등 일손
            을 보탠다.

다시 작업실

            십장생도를 완성할 조각천들은 다 갖추었다.

은혜   어쩌지? 이걸 이으려면 바늘이 꼭 필요해.

       (이 때 늘쌈이 엉금엉금 기어와 등짝을 내민다)

은혜   고마워, 늘쌈아! 정말 잘 쓸게.

       늘쌈이의 등에서 바늘을 하나 조심스레 빼 목에 걸고 다니
       던 무명실을 끼운다.
       은혜와 갑산은 각각 떨어져 있는 풍경들을 이어 붙이기 시
       작한다. 마법의 골무 신속한 속도로 조각들을 이어간다. 드
       디어 거대한 퀼트조각보가 완성되었다.

은혜   휴우, 다 됐다!

       두 아이는 땀으로 흠뻑 젖어 있다.
       은혜는 쓰고남은 천조각을 하나 주워 재빨리 모자를 하나
       꿰맨다. 모자가 완성되고 늘쌈이 머리 위에 모자를 씌워주
       는 은혜.

갑산   어디 보자. 산, 해랑 달, 바위, 소나무, 거북이, 불로초……
       사슴 자리가 비었잖어? 사슴! 일루 와 서 봐.
사슴   흥!

(갈 듯 말 듯 하다가 꼼짝 않고 서 있을 뿐. 이때 구석에서 소리가 들린다 "나도 끼워 줘!")

은혜   누구?

하루살이   (붕붕 유리 관 속에서 날아오르며) 나도 끼워 줘! 나 하루살이야.

은혜   하루살이는 안 돼! 넌 십장생에 안 들잖아?

하루살이   왜? 난 공룡시대부터 살았는 걸!

은혜   그래? …그럼, 이리 와!

(유리관 속에서 하루살이를 꺼내준다. 하루살이 십장생 조각보에 달라붙는다.)

냉이꽃   (벽면에 채집되어 테이프로 붙어 있다가 한 마디 거든다.)
            나도 끼워줘!

은혜   넌 누구?

냉이꽃   나는 냉이-꽃!

은혜   안돼!

냉이꽃   왜?

은혜   넌 금새 지잖아!

냉이꽃   난 내년에 또 필 건데? 후년에도, 내후년에도, 내내 후년에도…

226

은혜   …좋아, 그럼!

냉이꽃을 떼어다가 십장생 조각보 위에 붙인다.
여기 저기서 "나도, 나도" 정신 없이 외친다.
갑산과 은혜, 한숨이 절로 나온다.

은혜   어쩌지?
갑산   허는 수 없지 뭐.

두 아이가 뛰어다니며 유리관, 표본 액자, 박스, 새장, 우리
등을 열어 젖히자 온 생명들 다 뛰쳐나온다. 새들, 조각보
의 양쪽 끝을 물고 일으켜 세운다. 그러자 생명들 모두 십
장생도 안에 자기 자리를 찾아 선다.
날 것은 하늘로, 꽃들은 땅 위로, 짐승들은 산, 바위, 폭포 곁
으로. 이제 십장생도가 아니라 '온 생명도'가 완성된 것이다.
어디선가 날아온 모기마마, 사진기를 바닥에 세우고 사진
사 마냥 생명들의 자리를 정돈한다.

모기   자, 자 거기! 기린 뒤에 하마 가렸느니라. 여치! 고개 좀 더
             내밀고! 자, 그럼 치즈−
소리   잠깐!
모기   왜? 누가 빠졌느냐?

(황새, 너울 너울 날아온다. 가볍게 착지)

황새   나도 끼워 줘.
은혜   그래!
모기   (카메라 렌즈를 통해 보면서) 황새야, 그 비닐 봉지는 치우
            거라!

(황새, 보자기 대용으로 늘 차고 다니던 검은 비닐봉지를
구겨 팽개쳐버린다.)

모기   (만족한 듯) 자, 모두들 치-즈!

(디졸브)

작전 개시

하수인들, 박물관 앞을 장식할 대형 걸개 그림을 내온다.
여왕이 만든 죽음의 십장생도인 것이다.

여왕   드디어 이 순간이 왔어! 자, 전광판에 불 켜고! 지상에서 버
            티고 있는 그 고집쟁이 아기를 연결해!

(전광판 가득 아기 모습 뜬다. 아기는 아직 엄마 뱃속에 있어 형체가 희미하지만 눈이라든가 얼굴 표정 등은 생생히 전달된다.)

여왕　　자, 아가야, 보렴! 내가 창조한 새 십장생도란다. 완벽한 예술품이지! 아가야, 너는 이 그림 속 세상에서 영원히 살게 될 거야! 호호호호

여왕, 스포트라이트 전원을 넣는 순간, 은혜네가 완성한 생명의 십장생도가 순식간에 여왕의 죽음의 십장생도를 덮어버린다.

아기가 비치는 전광판에서 새어나오는 빛으로 조각보 더 아름답게 빛나는데 은혜가 부드럽게 골무낀 손가락으로 조각보를 건드리자 마술 같은 일이 벌어진다.

보자기 속에서 산이 우람하게 솟아오른다. 해와 달이 부드럽게 슬로우 모션으로 탁구 하듯 다정히 주고받고, 산에서 황금알을 낳듯 빛나는 바위가 태어난다. 해와 달이 뜨니 풀과 나무가 자라고, 풀과 나무는 이슬을 머금고, 이슬은 또르르 굴러 폭포로 떨어지는데 물이 있으니 거북을 부르는 형상이다. 학 그 사이로 너울너울 춤추며 날아드니, 불로초는 생명찬가라도 부르듯 싱싱하게 싹을 틔운다.

이 풍경 속으로 그제야 냉랭하던 사슴, 경이감으로 한 발을

내딛는데······.

여왕   이것들이!

소리   아기가 나온다! 나온다! 아기가 나와!
                응애! (힘찬 아기 소리)

여왕, 빙글빙글 돌며 순식간에 분신들 튀어나오도록 몸을
연다. 분신들 나방 떼처럼 은혜네 쪽을 덮치려 덤비는데,
순간 새소리, 물소리, 바람 소리 한줄기 분신들의 뺨과 귓전
을 들추고 가고 분신들은 사이렌의 노래 소리를 들은 선원
마냥 분열을 일으킨다.

여왕   오오, 내 속엔 내가 너무나 많아!

(무서운 속도로 합체되는 여왕, 분신들은 여왕의 본체에 부
딪쳐 산산조각이 난다. 여왕, 분노가 극에 달한다.)

은혜   내 속엔 미래가 있어! 내 속에 아이가 있고, 그 아이 속에 또
다른 아이가 있어! 할머니가 그랬듯, 엄마가 그랬듯! 난 십
장생을 지킬 거야! 여왕, 넌 나빠! 사라져야 해!

여왕, 마지막 남은 힘을 다해 마법의 광선을 쏘지만 사슴, 어디선가 뛰어올라 온 몸으로 빛을 막는다. 그 빛은 사슴의 강철 뿔에 반사되어 여왕을 쓰러트리고, 굉음 속에서 산산조각이 나는 여왕의 몸체…….

사슴 역시 상처를 입고 튕겨 나간다.

은혜   안 돼!

사슴, 마지막 숨을 몰아쉬는데……. 사슴의 눈망울에 초원, 구름, 이슬, 신록 등의 아름다운 풍경이 어린다. 사슴의 목을 끌어안고 흐느끼는 은혜.

에필로그

은혜와 갑산은 지하세계의 친구들과 이별인사를 나누고 있다.

황새만이 걸개그림으로 걸린 십장생도 앞에 붙박힌 듯 서서 학 그림을 두고 부끄러운 듯 몸을 꼰다. 제풀에 휘청하는 황새.

은혜   황새야, 이제 우리 떠나야 해. 잘 있어! 지상에 돌아가더라도 우리 또 만날 수 있겠지?

황새 　글쎄─. 뻘도, 강도 다 사라지니까 뭐. 혹시 못 보면 시베리
　　　아 츄코크 반도로 놀러와.

(은혜, 황새를 깊이 껴안는다. 그리고 모기마마를 본다.)

은혜 　고마워. 네 은혜 잊지 않을게.
갑산 　은혜야, 서둘러! 지상으로 가는 문이 열리는 게벼.
은혜 　모두들 안녕!

미친 듯 돌던 팬, 속도를 점차 늦추더니 날개의 움직임이 부
드러워진다. 금속 날개는 부드럽게 움직이면서 서서히 꽃잎
으로 변한다. 꽃잎 날 사이를 열고 두 아이, 한 발자국 앞으
로 디디자 무서운 흡인력으로 빨려 들어간다. 은혜와 갑산은
바람에 날아오르는 민들레 홀씨처럼 허공 중에 둥둥 떠간다.
알 수 없는 어둠의 터널을 지나 한 점 희미한 빛 속으로 빨
려들면서 두 아이의 동공에 수채화처럼 번지는 푸른 하
늘……. 은혜와 갑산의 몸이 한층 높이 떠오른다. 순간 휘
이- 세찬 바람 불고, 두 아이의 몸 작은 바람개비처럼 어지
러이 돌면서 아래로 아래로 꺼지는데……. 저 깊은 어둠 속
으로 떨어지는 은혜의 골무.

은혜	내 골무!

두 아이의 몸 팽그르 돌아 어느 순간 증할머니댁 흙벽돌로 찍은 담배창고 속으로 뚝 떨어진다. 쌓아놓은 오래된 담뱃잎들, 은혜와 갑산을 부드럽게 받는다.

소리	은혜야! 갑산아! 어디 있니?
동시에	여기요!/ 여기유!

(은혜 아빠, 담배창고 문 앞에 선다.)

아빠	어떻게 거길 올라갔어?

(아빠, 무등을 태워 두 아이를 내려놓는다.)

아빠	은혜야, 기다리던 동생이 태어났단다! 보고싶지?
은혜	(웃음을 머금고) 네!

집 앞 빈 터

(세워둔 차에 시동을 거는 아빠)

아빠	갑산아, 타라! 집 앞까지 태워 주마.
갑산	아니유, 지는 가는 길에 소꼴 베야 되는구먼유.
아빠	그래? 은혜랑 같이 있어줘서 고맙다. 또 보자!

(아빠 차에 탄 은혜, 갑산에게 눈인사를 보낸다. 씨익 웃는
갑산)

담배창고 인서트

짚더미에 떨어진 골무, 새앙쥐 한 마리 뽀로로 구멍에서 나
와 골무를 뒤집어쓰고 쥐구멍으로 사라진다.

라스트 씬 - 십장생도

붉고 노란 일월도, 학이 힘차게 날아오른다.
소나무는 바늘잎을 건강하게 내밀고, 물은 콸콸 신명지게
흐른다.
산은 쑥쑥 자라 제 어깨를 넓히고, 비단이끼를 초록으로 차
려입은 바위, 무성한 불로초 우듬지 사이로 사슴 한 마리
펄쩍 뛰어 달아난다. 거북이 한 마리 엉금엉금 기어가 바위

뒤로 숨자 미니 블루, 거북이를 따라 종종걸음 친다.

소녀(은혜)와 소년(갑선)이 그 사이를 행복하게 뛰어다니는데 아장아장 걸음마를 배우는 아가(은혜 동생)도 그 풍경 속에 있다.

미니블루, 바위 뒤로 숨으려다 문득 객석을 돌아본다. 미니 블루의 눈망울, 희미하게 근심을 담은 듯…….

엔딩 타이틀

－끝－

장 성 희

극작가, 연극평론가, 서울예술대학교 문예학부 극작과 교수로 학생들을
만나고 있습니다. 1997년《한국일보》신춘문예 희곡부문「판도라의 상
자」로 극작활동을 시작했습니다.

공연한 희곡들을 담은『장성희 희곡집』(평민사),『꿈속의 꿈』(애플리즘),
『미스터리 쇼퍼』(연극과 인간),『그림자의 눈물』(지혜)이 있습니다. 그
외 창작뮤지컬「잃어버린 얼굴 1895」,「칠서」,「백범」, 아동극「우산도둑」
등의 공연에 작가로서 참여했습니다.

장성희 극본집
스토리 스토리지

초판 1쇄   2024년 11월 10일
지 은 이   장성희
펴 낸 이   반송림
편집디자인   반송림
펴 낸 곳   도서출판 지혜
주   소   34624 대전광역시 동구 태전로 57. 2층
          (삼성동, 도서출판 지혜)
전   화   042-625-1140
팩   스   042-627-1140
전자우편   eji@ji-hye.com
          ejisarang@hanmail.net
애지카페   cafe.daum.net/ejiliterature

ISBN   979-11-5728-558-7   03810
값   13,000원